Visão noturna

Tobias Carvalho

Visão noturna

todavia

Turno da noite 7
Arromanticidade 27
Hermílio e Ygor 49
Eu tenho um sonho recorrente 81

Turno da noite

Ele não tinha sonhos. Quer dizer, tinha, mas não lembrava. Ou lembrava, na hora de acordar, e pensava um pouco sobre isso, mas logo esquecia. Esquecia mesmo, não sabia nem o tema do sonho, o resumo mais geral, no primeiro gole do café tudo já havia ido por água abaixo, para os anais do inconsciente, algo que se dissipava, dia após dia; uma pena. Não aproveitava nem aquele curto período de liberdade antes do despertador.

Isso mudou com uma ida ao cinema. O filme, *Daydreaming*, de Juniruki Takashi, era sobre sonhos lúcidos, ou seja, sonhar sabendo que se está sonhando. Mostrava que uma pessoa poderia viver muito mais caso estivesse consciente no terço da vida em que dormia. A partir daí, o interesse só cresceu. Comprou o livro *Life in the Vivid Dream: A Brief Introduction into the Ability of Waking Up Inside*, de Jolene Suárez, que devorou em um dia, no ônibus na ida ao trabalho, na volta e depois em casa; tratava de sonhos lúcidos, quase recomendando aos leitores que parassem de se preocupar com a vida em vigília para se dedicar por inteiro ao mundo dos sonhos, o que, sinceramente, não o convenceu. Encomendou outro livro, *Wide Awake!*, de Riaan Singh, cientista do sonho lúcido que contava toda a história do fenômeno. Supostamente a descoberta foi dos gregos, e estudos seguiram ao longo dos séculos, ou melhor, não exatamente estudos: havia focos pontuais de curiosidade amadora sobre o assunto, até que a pesquisa de um estadunidense (Stephen LaBerge) trouxe conclusões importantes. O estudo era simples: se comprovou a existência dos sonhos lúcidos por causa de um experimento em que o cientista combinava com seu assistente um padrão de movimentos que este deveria fazer com os olhos, algo como direita, esquerda, direita, direita, direita, esquerda, exatamente o que o assistente fez quando suas ondas cerebrais confirmavam sono profundo: o fato é que os olhos se movem de verdade quando olhamos de um lugar para outro dentro do sonho. Com a conclusão de LaBerge, os estudos sobre sonhos ganharam novo impulso. A consciência ao dormir já existia, é claro; mas poucos a dominavam.

A partir de outras leituras e da investigação cuidadosa de vídeos do YouTube (tudo sob a ascendência tentacular de LaBerge), estudou as técnicas para alcançar a lucidez. Anotava qualquer nesga de sonho num caderno que mantinha ao lado da cama e que usava pouco no começo. Tinha preguiça de anotar os sonhos quando acordava. Era mais fácil virar para o lado e voltar a dormir. Contornou o entrave gravando a voz no celular, nas primeiras semanas, e depois transcrevendo tudo para o caderno. O engraçado era que no começo escrevia algo como meia página, ou menos — pensando bem, no começo era bem menos; alguns meses depois, anotava cinco páginas por dia, e não era que sonhasse mais: os sonhos sempre estiveram lá. O problema era que o cérebro os descartava no abismo supracitado como inconsciente, ou subconsciente, se é que existe diferença. Com o hábito do caderno de sonhos, seu cérebro se acostumou a lembrar.

Aos poucos foi dominando as checagens de realidade, isto é, as tomadas diurnas de consciência com o objetivo de questionar, sempre que possível, se *aquilo* era um sonho, de modo a repetir o processo a ponto de, com sorte, fazer a checagem também durante o sonho. Se alguém sonhasse muito com água, por exemplo, poderia fazer as checagens de realidade quando bebesse água, tomasse banho, ou sempre que começasse a chover. Os macetes mais clássicos eram padrões do mundo dos sonhos comprovadamente comuns a todo mundo, por exemplo:

1. nos sonhos, as mãos apresentam mutações ou dedos sobressalentes;
2. números e letras se modificam quando se desvia o foco e se olha de novo;
3. interruptores de luz não funcionam;
4. é possível respirar mesmo com a boca e o nariz tapados, já que não há nada em sonho que impeça o corpo de respirar;
5. a consistência das coisas não existe em sonhos, de modo que é possível atravessar paredes sem ônus. Quem experimenta andar em direção a uma parede (o que não é tão comum acordado) percebe que está sonhando quando não sente dor e se vê do outro lado do prédio.

A premissa não era de todo estúpida: é normal que, num sonho, um carro possa avançar casa adentro transportando um avestruz, e mesmo assim você não se dá conta de que há algo errado. Quando você está desperto, no entanto, tampouco se questiona sobre a realidade dos acontecimentos, sejam eles absurdos ou não. Em resumo: as pessoas sonham todos os dias, ainda que sem lembrar. Mais fácil que *mindfulness* e musculação, a prática do sonho é capaz de dar àquele que a domina possibilidades infinitas e um acréscimo de horas ao dia, ao mesmo tempo que poupa anos de análise, tentativas frustradas de relacionamentos e rios de dinheiro em experiências alargadoras da vida, como escaladas, rituais com ayahuasca e visitas a bordéis.

Ele teve dificuldades no começo, como é de praxe, e quase foi vencido pela preguiça e pela opressão do cotidiano. Anotava cada dia um pouco mais; examinava as próprias mãos na hora de tomar o ônibus, no elevador, em encontros, etc. Queria alcançar a lucidez; só pensava nisso. Ia dormir mentalizando o desejo de acordar dentro do sonho, e depois de três meses de disciplina teve sua primeira experiência de lucidez, justamente através da checagem de realidade das mãos. Foi num dia qualquer, quando estava passeando com os pais no shopping e viu passar uma ex-namorada que havia crescido cinco metros desde a última vez que tinham se visto. Acostumado a situações insólitas com ex-namoradas, engoliu o orgulho e cumprimentou a giganta, que não o cumprimentou de volta. Lembrando de checar a realidade sempre que perto de amigos, ou da família, ou de amigos e da família, ou até de relacionamentos antigos, olhou para as mãos espalmadas e viu não dez, mas vinte e sete dedos. Pronto. A partir desse momento, saiu correndo pelo shopping dando saltos até chegar a um átrio onde havia uma figura alta e nua, sem formas definidas. Se agarrou à figura e a jogou no chão, e com ela teve um sexo ligeiro, louco, e por isso acordou de pau duro, frustrado, por óbvio, que a lucidez havia durado apenas dois minutos, e por ter corrido como um garoto na puberdade atrás de um buraco onde pudesse se esfregar, mas encantado, ao mesmo tempo, e com a impressão de que o futuro seria muito bom.

A vividez foi ganhando tração, e entre anotar sonhos e fazer checagens a torto e a direito, passou a estar lúcido com frequência, treinando voos de modo a saber acelerar, atenuar pousos, forçar decolagens e explorar casas no topo de montanhas; discutia problemas de infância com os pais; de vez em quando, espancava pessoas que já haviam feito mal a ele (depois soube que, num sonho, todo mundo *era* ele sob o disfarce de outras pessoas — não é bom tratar mal quem povoa os sonhos; é inclusive problemático e pouco vantajoso tentar convencer esses personagens de que eles estão num sonho, afinal, como com qualquer pessoa, a consciência da insignificância pode ser aterradora); comia nos melhores restaurantes do mundo; viajava em cruzeiros, Ferraris, zepelins. E nessa brincadeira conseguiu feitos impressionantes, como tomar o ponto de vista de uma bactéria, contaminando um total de vinte e sete pessoas.

A partir de certo momento, não queria mais acordar. A vida só era interessante quando dormia. Para dormir mais, passou a correr com regularidade, gastando o excesso de energia. Numa noite de abril, depois de chegar cansado do trabalho e correr cinco quilômetros, foi dormir com gosto. Sonhou energicamente que estava acordado, que vivia uma vida sem exageros, uma vida parecida com a que tinha, pois não queria espantar o sonho logo de cara. Enquanto os dias passavam, mais e mais ele se perdia numa rotina tão igual à sua, a ponto de também trabalhar e correr dentro do sonho, tudo com o objetivo de permanecer naquele mundo. Um dia, depois de acordar de uma noite de sono pesado, se perguntou se *aquilo* era um sonho. Era.

Alguns minutos depois, distraído com o café, se esqueceu da pergunta e seguiu o dia.

Viu um palácio de concreto colorido quando corria pelo parque no fim da tarde. Era um troço colossal. Torres conectavam o pátio a incontáveis salas, câmaras, jardins suspensos, galerias ao contrário, e finalmente ao terraço (com uma quadra de tênis). No meio do caminho, encontrou uma garota que não parecia fazer parte dos seus sonhos — tinha um tamanho normal, não era semelhante a ninguém de sua vida acordado. Ela flutuava decidida em direção à sala de jogos.

Ele disse: "O que você está fazendo aqui?".

Ela disse: "Ora, e eu agora tenho que dar satisfações a você? Este lugar não é só seu".

"Não?"

"Não. Você está no lugar onde todos os sonhadores lúcidos se encontram."

Bom, isso era impossível. Entre todas as descobertas científicas, a ideia de um tal lugar era absurda.

Seguiu a garota (que descobriu se chamar Matylda) até a sala de jogos, onde pegaram em armas para mirar em líderes tirânicos. "Veja bem", Matylda disse. "Aqui é o lugar onde construímos nossa comunidade. Você pode vir para cá sempre que quiser aproveitar seu sonho. Aqui já estão prontas as possibilidades mais divertidas e também as mais tristes. Na sala do oráculo, você pode saber seu futuro, naturalmente. Na academia, aproveite a esteira de projeção holográfica para voar sem sair do lugar. No necrotério, pode falar com os mortos. E é claro, aqui é o melhor lugar para dividir experiências com outros sonhadores para além dos fóruns da web. Você pode compartilhar sonhos, fazer uma rede com pessoas por todo o globo — eu, por exemplo, sou polonesa —, quem sabe conhecer sua alma gêmea."

"Você acredita em almas gêmeas?", ele disse.

"Na vida real, não, mas no sonho a história é outra", ela disse, explodindo a mandíbula de Rafael Trujillo.

No dia seguinte (ou melhor, na noite seguinte), voltou ao palácio de concreto colorido, pronto para explorar todos os cantos. Entrou na sala de cinema, onde acontecia uma mostra de filmes de Kubrick nunca postos no papel. Havia um grupo de sonhadores japoneses tirando fotos com flash, o que acabou estragando a experiência. Foi ao restaurante e encontrou Matylda se empanturrando com uma torre de sorvete. "Ei, você", ela disse. "Venha me ajudar. Não é porque aqui não se engorda que eu vou conseguir comer tudo sozinha."

Comeram todo o sorvete.

"Você gostaria de ver minha casa?", ela disse.

"Ah. Sim. Pode ser."

Chegaram a um apartamento escuro com cantos desfocados. Havia apenas um sofá, uma TV e uma cama.

"Onde estão suas coisas?", ele disse.
"Não sei. Em algum lugar. Não é minha culpa. A memória só guarda o essencial, e hoje estou meio cansada. Por isso aqui está só o básico: meu sofá, minha TV e minha cama."
"Sua vida real está com problemas? Venho à sua casa e os três móveis são itens que te deixam inerte. Será que você não está compensando nos sonhos a sua falta de motivação?"
"E quem é você? Freud? Era só o que me faltava. Todo mundo usa os sonhos para fugir de alguma coisa. Você não?"
"Sim. Acho que sim", ele disse. "Desculpa, só queria ajudar."
Foi andando pela sala com as mãos nos bolsos. "Acho que também uso os sonhos para fazer coisas que nunca consegui fazer acordado. Sou funcionário público, tenho renda estável, e ainda assim, parece que o tempo já passou. Não saberia o que fazer se tivesse que buscar outra profissão, lidar com algo mais humano. Não sei mais paquerar. Não me imagino dando amor a alguém. E, claro, eu acordo cedo e tudo, mas vou dormir cedo também. Não tenho outras atividades. Quem sou eu para julgar alguém que dorme demais?"
Passaram a tarde juntos. Ela explicou tudo sobre a infância numa fazenda de plantação de grãos, sobre o recente crescimento da economia polonesa, sobre o bom salário que ganhava como enfermeira num lar de idosos, sobre como doía ver alguns dos pacientes esquecerem seu nome, e este era o maior paradoxo: ela gostava tanto de cuidar de senescentes que se sentia insuportavelmente triste quando um deles morria ou entrava em processo de morrer. "Não estamos todos em processo de morrer?", ele disse. "Suponho que sim", ela respondeu. Mas isso não mudava em nada o sentimento. Quando se trata da morte — ou seja, da interrupção da vida de alguém, mesmo que a morte já esteja mais presente do que a própria vida —, ninguém é imune à sensação de que ainda se poderia ir mais longe. "Eu trabalho no turno da noite", ela disse.

"É por isso que nos encontramos: eu durmo durante a manhã, a tempo de nosso sono se emparelhar pelo fuso horário. À noite, estou no lar de idosos. Somos apenas duas enfermeiras nesse turno. Durante a madrugada, muitos dos idosos têm variações de humor. Alguns gritam e acordam os outros. Há três idosos com problemas psicológicos severos. Aconteceu uma coisa estranha com um deles. Ele já era residente quando comecei a trabalhar lá. Ele me chamava de Maja. Não sei por quê. Desde que entrei, sempre me chamou assim. Eu tentava dizer que me chamava Matylda, mas ele logo esquecia e continuava a me chamar de Maja. Ficava confuso sempre que eu perguntava quem era Maja; ele achava que Maja era eu. Certa noite, estava cochilando na poltrona da sala quando despertei com os berros do senhor. Gritava meu nome. Ou melhor, gritava por Maja. De qualquer modo, eu sabia que ele queria minha ajuda. A outra enfermeira me olhou feio, como se a culpa pelo transtorno fosse minha. Quando entrei no quarto, ele me olhou nos olhos e disse: 'Eles estão chegando'. E repetiu a frase aos gritos: 'Eles estão chegando, eles estão chegando'. Ele chorava de um jeito que esvaziou minha alma. Havia choro na voz, e ele gritava tão alto que eu achava que poderia acordar o bairro inteiro: 'Eles estão chegando, eles estão chegando'. E finalmente: 'Maja, se esconda'. Fiquei com ele até que adormecesse em meio aos próprios soluços. Poucas semanas depois, ele faleceu durante o sono. Foi uma daquelas mortes que todo mundo deseja ter, principalmente quem levou uma vida atribulada. Mesmo que tenha sido uma morte tranquila, fiquei desolada. Eu ainda tinha no fundo da mente a imagem vívida do colapso dele. De certa forma, ele tinha uma ligação comigo que eu não conseguia explicar. Era como se, por algum motivo, eu precisasse receber aquela mensagem. Talvez para transmitir a alguém. Não sei. Ao mesmo tempo, era como se eu de fato fosse a pessoa que ele desejava rever. E eu era. Eu sei que era.

"Quando uma das filhas do velho veio assinar a papelada e se encarregar do corpo, perguntei quem era Maja. Ela disse que não sabia. Arrisquei então perguntar se o pai dela havia lutado durante a Segunda Guerra. Ela negou. Insisti na pergunta e contei sobre o episódio de semanas antes. Dei ênfase à frase: 'Eles estão chegando'. Fomos à cozinha do lar de idosos e preparei um café. Ela ainda estava atordoada pela perda, mas me deu atenção. Talvez ver que alguém se importava com seu pai fosse comovente para a moça de algum modo. Ela sentou junto ao balcão da cozinha, tomou uns goles do café e começou a contar sua história: 'Meu pai estava num internato no exterior quando os nazistas invadiram a Polônia. Ele não gostava de falar sobre isso. O que conseguimos saber sobre a vida dele foi por insistência. Mais velho, começou a falar mais. Quando eu e meus irmãos éramos pequenos, passava a maior parte do tempo no escritório, trabalhando sem parar. Nunca foi um pai carinhoso; nem sequer opinava sobre nossa educação. Não era que fosse severo: apenas não se interessava pelo nosso comportamento ou não tinha maiores opiniões sobre isso, de modo que as responsabilidades ficavam com minha mãe. Quando ele falava, no entanto, era sempre um momento sublime. Tinha uma imaginação ímpar. Nos dias em que estava desocupado e extrovertido, inventava histórias da sua própria cabeça, sem recorrer a livros de contos de fadas. Ficávamos debaixo das cobertas esperando que as histórias chegassem ao fim, mas nunca chegavam. Ele começava, por exemplo, contando sobre um reino ensolarado na Idade Média em que uma princesa não conseguia dormir porque a lua aparecia brilhando pela janela à noite; por meses, essa princesa sofria de uma insônia torturante, porque a luz da lua entrava pela fresta do olho e não a deixava dormir. E quando o valete, conselheiro do rei, pensava numa solução, o foco da história mudava para a vida pregressa desse valete, que havia tido uma juventude cheia de acontecimentos inimagináveis, e então meu pai contava sobre os antepassados do valete — amigos dos antepassados do rei — e sobre uma noite em volta da fogueira em que todos partilhavam a refeição ao som de uma flauta, flauta essa que tinha vindo da Arábia, e que deveria ser tocada sempre que a lua brilhasse em demasia. E quando finalmente parecia que tudo iria se encaixar e voltaríamos à princesa do início, a história continuava indo em direção ao passado, ou então se propulsionava para um futuro além da princesa, sem que nenhuma gaveta fosse fechada. Em algum momento, pegávamos no sono. No dia seguinte, pedíamos pelo desenlace da história, mas então ele já havia esquecido. Dizia que tinha inventado na hora, sem pensar num desenlace. Essas são as melhores lembranças que tenho dele. Era um homem perturbado, com certeza. Como dizia, ele estava num internato no exterior quando começou a guerra. Pelo que me contou, não conseguiu se adaptar à rigidez do ensino. Não se dava bem com os colegas e quase não tinha amigos. Era insubmisso e motivo de vergonha para meus avós. Decidiram então que ele concluiria os estudos na Suíça, o que foi uma sorte. De um dia para outro, não havia mais Polônia. Logo depois, ele virou órfão. O pai do meu pai morreu em 1939, no ano da invasão, e sua mãe sucumbiu à depressão meses depois, sem marido nem filho. Depois da guerra, meu pai chegou a uma Polônia stalinista, mais rígida ainda, e se casou com minha mãe. Apenas perto dos noventa anos de idade é que ele enfim perderia o juízo', me contou a filha do velho. Mas ela nunca tinha ouvido falar em nenhuma Maja, nem na frase que o senhor disse ('Eles estão chegando'). Ela chegou a me dizer o nome da mãe, esposa do senhor, que morreu alguns anos antes dele; o nome era algo bem diferente de Maja. E até hoje me pergunto o que aconteceu. Para falar a verdade, comecei a me interessar pelos sonhos seduzida pela ideia de que poderia voltar a ver meus pacientes falecidos. Comecei como todo mundo começa: diários de sonhos, checagens de realidade, induções, meditação, e no começo foi difícil, porque trabalhar à noite corrompe o ciclo do sono. Depois que meu corpo se habituou, fui conseguindo aos poucos. Tentei então o necrotério do palácio de concreto colorido, e tive conversas extraordinárias com vários dos ex-residentes do lar de idosos. Com esse senhor, no entanto, nunca consegui. O contato com ele simplesmente não existe. Como se ele não quisesse falar comigo."

A história despertou nele uma ternura por Matylda que não havia sentido até então. Teve vontade de ajudar Matylda, também tentar desvendar a origem daquele nome, e foi justo nesse momento que acordou, correndo para anotar o sonho: a torre de sorvete, o apartamento de Matylda, a história do lar de idosos, tudo em detalhes minuciosos para que não esquecesse nada. Engoliu o café, atrasado para o trabalho, de tanto que quis escrever.

Era um dia sem muitas tarefas no setor administrativo da repartição. Por sorte. Ele não parava de pensar em Matylda e na história que ela havia contado. Quem afinal era Maja? Aliás, existia mesmo um lugar comum a todos os sonhadores lúcidos? Ele não se lembrava de nada parecido em fóruns e tutoriais. Talvez houvesse acordado com a impressão de que aquilo era verdade porque fazia sentido dentro do sonho. Não era lógico a princípio. Porém, *o que* era lógico na empreitada que vinha fazendo nos últimos meses? Sua mente era o tempo todo ocupada por cenários impossíveis, inverossimilhanças convenientes. Sentado na cadeira do escritório, na hora do almoço, teve a impressão de cair para trás, com as costas de encontro ao chão, e então acordou. Tinha cochilado.

Estava com medo de pesquisar sobre o palácio de concreto colorido. Como faria se descobrisse que o lugar não existia? Que era uma invenção sua? Acessível a outras pessoas ou não, o palácio só existia em sonho. E um sonho não podia ser tão real quanto qualquer outra coisa? Tão real quanto Matylda? Ele havia estado com ela pouco antes, mas apenas dentro do sonho. Ainda não sabia seu sobrenome. Não tinha como procurar por ela. E se ela não existisse? Ou pior: e se ele, agora, no trabalho, habitasse um sonho de Matylda? Não seria a mesma coisa? Não teria tido uma vida tão real quanto qualquer outra? Para todos os efeitos, sim, mas seria uma informação difícil de aceitar. Não podia ter essa conversa com Matylda. Ela, inclusive, ficaria confusa com a insinuação de que era produto da imaginação dele. Talvez ela ficasse na defensiva. Ou pior, poderia concordar.

Voltou ao sonho à noite, decidido a não questionar Matylda.

Ela estava bastante distraída pintando o céu de verde quando ele apareceu.

"Hoje você veio rápido", ela disse.

"Decidi dormir mais cedo."

"Isso nos deixa com bastante tempo. Já pensei no que podemos fazer."

Caminharam até uma estação de trem. Ela estava com os tíquetes em mãos. Subiram num trem vermelho com inscrições em dourado e partiram em direção à Ásia. Desceram numa parada no meio de uma floresta densa e úmida. Seguiram por um caminho de pedra até um templo.

"Que lugar é esse?"

"Hoje começa nosso treinamento de kung fu. Você tem tempo?"

"Acredito que sim."

Durante a semana seguinte, treinaram todos os dias. Atrás do templo, havia um vale que alojava um enorme complexo com jardins, academias, dormitórios e uma cantina. O mestre indicou exercícios de controle de respiração com uma das pernas dobradas de modo que a sola do pé encostasse na parte de dentro da coxa; o desafio era manter o equilíbrio e respirar fundo, engolindo restos de saliva e mantendo a calma. Praticaram movimentos que exigiam concentração máxima. Todos os dias acordavam, tomavam café da manhã e se dirigiam ao centro de treinamento. No último dia, aprenderam o movimento do Dragão de Água, em que tinham que girar em torno do próprio eixo movendo braços e pernas. Não há como descrever o Dragão de Água em toda a sua majestade sem soar ridículo; apenas fica registrado que é um movimento muito vistoso.

Para comemorar a formatura do treinamento, nadaram pelo mar do Sul da China até encontrar um coral que Matylda disse conhecer. Embaixo de uma pedra, no fundo do coral, estava montada uma mesa com jantar à luz de velas (risoto e creme de algas). Mereciam aquele momento, que foi de fato romântico. Um pouco de nervosismo, mas nada incontornável. Matylda serviu o vinho e disse: "Que semana intensa! Passou voando, ainda que eu me sinta dez anos mais sábia. Na vida em vigília, o tempo passa mais devagar. E não é só por ser um sonho. Eu acho que é por causa de você. Será? Há momentos em que passa um ano e o ponteiro do relógio mal se move, e há outros em que o ponteiro anda desabalado: quando estou com você. Andei pensando, e não quero ser inconveniente... nesse caso podemos esquecer que fiz a pergunta e continuar saindo juntos sem nenhum prejuízo, mas não consigo afastar a ideia: você gostaria de namorar comigo?".

"Uau. Sim. Para falar a verdade, gostaria muito."

"Genial."

Para comemorar o namoro, foram a um motel e realizaram as mais diversas fantasias, e então testaram outros ambientes: transaram numa avenida movimentada e também na casa dela e na casa dele; estavam ambos acostumados à vida no sonho, de forma que não despertavam com a excitação do sexo, que era, por sinal, tão bom quanto o sexo físico ou até melhor.

Alguns meses depois, ele estava acorrentado à cama quando, cuspindo uma maçã da boca, disse:

"Eu te amo."

"Como?", ela disse.

"Eu te amo."

"Você me ama?"

"Sim."

"Isso faz parte da fantasia?"

"Não. Sim, também. Mas não. Venho querendo dizer isso há tempos. Eu te amo."

Matylda estava encantada com a declaração de amor e já queria fazer planos.

"Andei pensando num mochilão pela América do Sul, mas você já deve conhecer tudo."

"Para falar a verdade, não costumo viajar."

"Então melhor ainda. Tanta coisa para ver e uma vida curta demais."

"Temos muito tempo juntos ainda, Matylda. E claro, ainda vamos nos conhecer de verdade."

"Como assim, nos conhecer de verdade?"

"Você sabe. Acordados. No mundo real."

"Mas este mundo é real."

"Matylda, não é a mesma coisa. Você não tem vontade de me ver ao vivo?"

"Tenho, claro. Mas nós nem falamos a mesma língua. Não poderíamos viajar com a facilidade que temos aqui. Além disso, um de nós teria que se deslocar até o outro lado do mundo."

"É verdade. Mas pelo menos teríamos mais do que poucas horas de sono. Teríamos o dia inteiro."

"Você sabe que aqui o tempo passa diferente."

Ele não quis tocar no assunto de novo. Talvez fosse melhor apenas viver o relacionamento por enquanto, e depois fazer planos a longo prazo.

Ele queria ir à Polônia.

E se Matylda não fosse bonita na vida em vigília? Se fosse uma criação do sonho de alguém completamente diferente da Matylda que conhecia? E se na vida real fosse uma senhora aposentada? Um homem gay? Uma adolescente idealista? Ele não sabia se isso era possível e não queria descobrir.

Decidiram, ele e Matylda, comprar uma casa de campo (comprar, é claro, é modo de dizer). Era um casarão amplo de tijolos com uma sala com TV, mesa de sinuca, máquinas de pinball e Jacuzzi. No andar de cima, ficava o quarto do casal. As portas eram todas de um mármore pesadíssimo que só servia como ostentação, já que os dois atravessavam paredes dentro do sonho.

Fizeram uma festa de inauguração que se provou um sucesso. Para a festa, contrataram cozinheiros e garçons, e convidaram cerca de cem projeções de amigos, parentes, desafetos de infância — que podiam se morder de inveja — e vizinhos. Quase de madrugada, Matylda subiu na mesa de sinuca para agradecer a presença de todos. Estava mamada de caipirinha. "Este homem é quem eu escolhi para passar a vida comigo. Espero que meus amigos poloneses se acostumem à ginga e ao carisma do Brasil. Viva!" A contundência o pegou de surpresa, mas gostou do discurso.

Na mesma casa, passaram a se reunir todos os fins de semana. Aos poucos, se adequaram a uma vida mais tranquila. Menos viagens, menos esportes radicais, mais filmes, mais massagens. Também realizavam churrascadas e campeonatos de futebol no terreno, o que às vezes era garantia de brigas, algumas controláveis e outras mais violentas, envolvendo até tiros para cima, o que deixava Matylda possessa e frequentemente desbocada.

"Outro tiro e não convido mais ninguém! Aqui é um lar de paz e harmonia! Enfiem as armas no cu!"

E assim os anos se passavam, tanto no sonho quanto na vida diurna, e ele percebia que Matylda envelhecia num ritmo mais lento que o normal. Era possível que a percepção dela sobre si continuasse jovem. Ela era mais nova que ele quando se conheceram. Agora, suspeitava que ela estivesse chegando aos trinta e poucos. Ele, mais velho, teve uma pequena crise por achar que estava passando da hora de ser pai. Como se lesse pensamentos, Matylda apareceu dias depois, quando ele colhia limões no pomar da casa, com cara de emburrada:

"Quero um filho."

"O quê?"

"É isso mesmo. Já estamos juntos há muito tempo. Acho que podemos fazer isso. Afinal vai ser só um sonho. No sonho o compromisso não é tão radical. Não preciso passar pelas dores de parto. Podemos criar nosso bebê, acompanhar o crescimento dele, ser pai e mãe juntos. Se enjoarmos, sonhamos com outra coisa."

"Você enlouqueceu?"

"Por quê?"

"Você quer ter *um filho* comigo? Eu também quero um filho. Um filho de verdade, de carne e osso, um filho que nos acorde aos berros à noite, que interrompa nosso sonho, e não que exista apenas dentro dele."

"Não quero um bebê de verdade."

"Então por que ter um bebê dentro do sonho? Nossa vida aqui não parece real?"

"Mas se aqui é tão real, por que você se importa que ele não exista na vida em vigília?"

"Matylda. Não se faça de desentendida."

"Você é bastante antiquado para algumas coisas."

"Antiquado? Eu quero conhecer você, Tylda. Podemos ser felizes juntos. *Seremos* felizes juntos. Desde que nos conhecemos, desde que fui ao seu apartamento, desde a história do senhor do lar de idosos, eu soube que ficaria com você. Existe uma ligação entre nós que não consigo explicar. Nunca senti nada parecido. Gosto de participar da sua vida. Gosto de ter dividido com você mais coisas do que com qualquer outra pessoa no mundo. Antes de descobrir os sonhos, eu nem gostava de dormir. Acordava cedo. Agora tenho uma vida mais intensa do que jamais imaginei. Com você, Matylda. Ainda assim, é como se tivéssemos muito mais para conhecer um do outro. Tem uma metade da vida, a vida de verdade, que ainda é uma incógnita. Você não se dá conta? Não se pergunta se eu existo? Seria a mesma coisa se você pegasse um avião para o Brasil e descobrisse que eu não existo e nunca existi? É com esse cara que você quer ter um filho? Será que não dá para ver que já somos uma família? É claro que a vida aqui é maravilhosa. É claro que eu valorizo o suor que você dá para que nossa vida seja tão maravilhosa. Sei que não vai ser bem assim na vida real. Não tenho dinheiro para viajar indefinidamente, você também não. E ainda precisaríamos definir como faríamos se quiséssemos ter filhos. Algum de nós teria que mudar de país. Aprender uma língua nova. Ou, não sei, podemos ir para um terceiro país e começar de novo. Continuaríamos dormindo todos os dias e nos encontrando aqui. Mas não podemos continuar assim. Não apenas assim. Precisamos nos conhecer fora do sonho. Senão vamos viver a vida toda sem ter certeza de que o outro existiu."

Ela olhou para ele com uma cara abatida. Pegou um limão do pomar e saiu caminhando. Quando precisava pensar, ela ia para a casa da árvore e se trancava por horas.

Matylda ficou lá o dia inteiro. E mais outro. Ele acordou, viveu o dia, dormiu, sonhou de novo e Matylda não saía da casa da árvore. Isso durou uma semana. Parecendo feliz e decidida, ela correu em direção à casa principal enquanto ele tentava dormir. Entrou no quarto como um tornado e disse: "Você tem razão."

Acordou de madrugada, bem na metade do ciclo do sono. Engoliu o café da manhã, escovou os dentes, conferiu se não tinha esquecido nada e foi para o aeroporto, ainda sonolento. Não queria dormir na sala de embarque para não correr o risco de perder o voo. Teria um dia longo pela frente. Dormiu antes que a aeronave decolasse, e acabou perdendo o café da manhã. Sonhando, disse para Matylda que já estava no avião, que em breve chegaria. Havia nela um olhar diferente. Talvez se perguntasse se tinham feito a escolha certa, ou estranhava que se veriam pessoalmente depois de tanto tempo. Sentados no sofá em L da casa de campo, os dois aproveitaram o último dia juntos antes de se conhecerem. Ele acariciava os cabelos de Matylda, que olhava fixo para algum ponto futuro.

Quando acordou, o comissário ofereceu vinho junto com o almoço. Ele aceitou. Queria dormir mais, mas o álcool e a luz de leitura do passageiro ao lado não deixaram.

Ali dentro de um avião transatlântico, se deu conta de que talvez estivesse fazendo uma loucura. Estava indo ao Leste Europeu encontrar o amor da sua vida, que até então conhecia só em sonho. Matylda devia estar tão tensa quanto ele. Ela também não devia querer que tudo fosse mentira, um engodo, uma ilusão produzida por uma mente criativa, uma espécie de ficção engordada em alto sono. Naquele momento, caía por terra a ideia de que os sonhos eram tão reais quanto a vida. Se chegasse à Polônia e não encontrasse Matylda, encerraria os fins de semana na casa de campo.

Desembarcou no aeroporto de Frankfurt e tomou outro voo para Varsóvia. Foi de ônibus até o centro, onde ficava a estação rodoviária. Chegando ao centro, ficou admirado: Varsóvia era uma cidade linda. Pequena e grande ao mesmo tempo, histórica e moderna, charmosa e gelada. A maioria das pessoas sabia falar inglês quando ele pedia alguma informação, de modo que não se sentiu tão perdido. Porém, a percepção de que não sabia quase nada sobre a Polônia o deixou apreensivo. Ele e Matylda mal conversavam sobre o dia a dia. Os assuntos entre os dois giravam em torno do que faziam juntos em sonho. E agora ele estava num lugar desconhecido, pronto para apostar tudo numa relação que até então fora muito diferente daquilo. Já eram anos com Matylda. Juntos conheceram dezenas de países e todos os planetas do sistema solar, incluindo Plutão. Mas passear pelas cidades um do outro, isso nunca tinham feito. Conhecia o apartamento dela e só.

    Comprou o tíquete para o povoado de Matylda e entrou num trem vermelho e dourado, uma versão mais moderna do trem do templo de kung fu. Era um bom sinal. Matylda poderia ter sonhado com um trem parecido com o que a levava ao seu povoado, e isso confirmaria a hipótese de que os sonhos dos dois se mesclavam. O que Stephen LaBerge diria?

Já conseguia ouvir a voz de Matylda ao lado dele na cama, dessa vez falando em polonês: *dzień dobry*. Ele iria despertar num novo dia ao lado da mulher. Agora no trem, não queria dormir. Naquele momento era melhor deixar a Matylda do sonho de lado.

    Desceu no povoado onde ela morava. Era pequeno e simpático. Poucas pessoas na rua. Sabia que caminho tomar. Tinha pressa. Estava perto. Correu com as malas desde a porta da estação. Por que não trouxe apenas uma mochila? Foi bordeando o córrego, como ela o havia instruído.

    Percebeu que não saberia o que dizer quando chegasse. Poderia tocar a campainha e dizer: *hello*. Ou: *dzień dobry*. Mas quase anoitecia, e ele não sabia dizer "boa noite" em polonês. Poderia gritar do outro lado da porta. Dizer que aquela era uma má ideia. Que poderiam continuar de onde haviam parado. Que depois de fazer turismo pela Polônia, voltaria imediatamente para o Brasil. Então Matylda diria: *it's ok*. Ou: não, agora acho que chegamos a um ponto sem retorno. Matylda diria: vamos encarar isso juntos. Saber a verdade mesmo que doa. Juntos, como nos últimos anos.

Ela estava tão quieta no último sonho, no avião. Como seria a Matylda de verdade?

Ele havia dormido no avião. Sonhado. Ele poderia parar de correr e olhar para as próprias mãos à procura de dedos a mais, de mãos deformadas, pequenos dedos extras, ou mãos com doze dedos, ou dedos em cima de dedos e uma sensação estranha — poderia parar de correr pelo povoado de Matylda para se certificar de que aquilo não era um sonho, de que estava acordado e correndo pelo vilarejo; o vento no rosto, o suor, o cansaço, tudo tão vívido quanto qualquer experiência em vida. Estava perto, agora talvez ficasse sabendo a verdade, talvez ficasse sabendo se a principal experiência da sua vida era real. Saberia o que era ser real, se tudo tinha valido a pena; saberia onde iria morar pelos anos seguintes, como seriam seus sonhos dali para a frente, com ou sem Matylda, com ou sem a casa de campo, com ou sem as histórias dentro de histórias de que os dois não conseguiam escapar, com ou sem a melhor parte do dia: a noite. Agora estava perto do prédio de Matylda. Depois do córrego, direita, esquerda, direita, direita, direita, esquerda, foi o que ela havia dito, e foi exatamente o caminho que ele fez.

Arromanticidade

Começa com uma mulher na faixa dos trinta anos que vai para o banho enquanto a filha brinca com uma amiga na sala. O nome da mulher é Inês. A filha se chama, digamos, Alessandra, e a amiguinha daqui em diante é Dora.

Dora pega fogo.

Pode soar abrupto, mas as meninas estavam brincando com velas, pois vai haver um aniversário. Pronto: uma das meninas dá a ideia de pegar a caixa de fósforos e acender as velas.

As meninas riem e brincam de aproximar as velas uma do rosto da outra, e por descuido a chama atinge o cabelo de Dora e passa rápido para o casaco de náilon, e em pouco tempo ela está em chamas e com o fecho do casaco emperrado.

Depois todo mundo ficaria sabendo. Queimaduras de segundo grau: rosto, pescoço e abdômen. Terceiro grau: peito e costas. Essas notícias se espalham rápido. Passado um tempo, ninguém lembra a origem.

Inês está no banho quando ouve as meninas. Os gritos de Dora são como os de um pássaro que morre. A mãe dispara até a cozinha, ainda nua, e vê a filha enchendo um balde na torneira. Dora continua a queimar, agora não mais gritando. Inês olha apavorada para aquela menina que não é sua filha, deitada no chão, incandescente. Não consegue reagir. É Alessandra quem apaga o fogo.

Nesse dia, Alessandra completa oito anos de idade. Passou o ano inteiro pensando na festa. O tema era a Bela, sem a Fera.

Ela imprimiu em casa os convites e entregou a todos os colegas de turma, ansiosa por saber como reagiriam. Alessandra comemorando aniversário? Ela foi a todas as festas dos colegas, mas no ano anterior, primeiro ano dela no colégio novo, não havia dado sua própria festa.

Isso porque Inês teve que pedir dinheiro emprestado ao pai (fiscal aposentado da Receita Federal) para poder fechar as contas no fim do ano. Alessandra ficou arrasada com a notícia — pela primeira vez a mãe ouviu a filha dizer que a odiava — a ponto de Inês abrir uma poupança para comemorar no ano seguinte. Nada muito elaborado: bolo, salgadinhos, bebidas e uma animadora de festas.

Gian fez aniversário num espaço com tirolesa, túnel do terror, escorregadores e piscinas de bolinhas. No aniversário de Mariana, uma van levou as crianças a um resort. Bento comemorou numa fazenda, com passeios a cavalo, guerra de bexiguinha e churrasco para os pais. Ana Clara copiou Gian porque era mais garantido. Antônio também.

Alessandra estava ansiosa. Foi com a mãe às compras, vetou os guardanapos mais baratos, fez questão de que os balões fossem todos amarelos, pediu para comprar uma roupa com brilhos.

Inês não chama a ambulância. É com um cobertor que enrola a menina desmaiada e a leva para o carro. Alessandra vem junto, tremendo, com um fio de lágrima constante. A pele de Dora se deforma. Dá para ouvir os batimentos cardíacos das três ecoando no carro. Elas não dizem nada no caminho para o hospital.

Ainda há dignidade na maneira como Inês dirige. Está nervosa, é claro, mas esteve nervosa em muitos momentos desde que virou mãe. Foi questionada quanto à maneira de criar a filha, se muito permissiva ou muito rígida, escola tradicional ou construtivista, TV ou livros, livros ou brincar ao ar livre, alertar sobre os perigos do mundo ou proteger a inocência da criança. É inadmissível acabar com a fantasia dos filhos contando a verdade sobre Papai Noel e Coelho da Páscoa, ainda que a duras penas Inês tivesse juntado dinheiro para comprar cada boneca, a bicicleta, mas chega uma idade em que é absurdo continuar com a ilusão de magia: as crianças têm que saber a verdade. Alessandra tem que ser independente, o que não significa ser abandonada em casa o dia inteiro enquanto Inês corre pela cidade atrás de tecidos e roupas e itens cenográficos para a empresa de fotografia publicitária que a contrata como frila, porque sem isso não haveria dinheiro para pagar a mensalidade com bolsa de cinquenta por cento no colégio de Alessandra.

Depois todo mundo ficaria sabendo. Não tem como imaginar a dor de uma mãe, alguns diriam, nem a dor da menina. E Dora ia ser uma mulher linda. Mandaram tirar o espelho do quarto quando ela voltou da UTI, muito tempo depois, e a menina recebeu o acompanhamento de uma psicóloga. Aquela mulher tem que pagar — alguns disseram —, o que ela fez não tem perdão. Acidentes acontecem, tudo bem, mas largar a menina no pronto-socorro e voltar para dar a festa? Alguns convidados já estavam esperando. Disseram que a tal Inês chegou suja, deixou Alessandra brincando com as crianças e foi tomar banho. Depois agiu como se nada tivesse acontecido. Só mais tarde os pais receberam a notícia por mensagem. A notícia foi se espalhando rápido, e os pais foram embora da festa, um por um, até sobrar só a aniversariante e a mãe.

Alessandra passa o resto do dia do seu aniversário trancada no quarto, temendo pela amiga e pelo fim da reputação na escola. Inês limpa o salão e acerta o pagamento da animadora da festa, que pode voltar para casa mais cedo.

As duas ficam sem comer até o fim do dia.

Segunda-feira, Inês, que normalmente acorda a filha cedo, vai para o trabalho sem bater à porta de Alessandra. A menina sabe que não pode ir ao colégio nesse dia. Não suporta imaginar os olhares dos outros.

Também não vai à aula na terça, mas cede na quarta. No pátio, os colegas esperam a professora em fila. Alessandra chega e olha em volta, mas ninguém fala com ela. No meio da aula, quando pede um lápis de cor emprestado, é ignorada. Pinta o tronco da árvore de vermelho. Gosta do resultado. Quando se levanta para entregar o desenho à professora, ouve a voz de um colega perto do seu ouvido: "Sua mãe vai ser presa e você vai para um orfanato".

Na hora do recreio, as meninas do seu grupo saem antes que ela possa ir junto. Senta num banco num lugar afastado. Ao longe, vê as meninas e acha que elas vêm em sua direção. Isolada no canto do pátio, encontra um vão na parede e se esconde. Minutos passam e ela não sabe se as meninas estão por perto ou não. Sente falta de Dora. Vê o vão oposto na parede de concreto e pensa que Dora estaria ali, se escondendo junto com ela, caso a questão não fosse justamente Dora, e caso Dora não estivesse no hospital depois de pegar fogo.

"Oi, querida, tudo bem? Está esperando sua mãe buscar você? Calma, ela já deve estar vindo. É normal demorar. Sabe quem eu sou? Mãe da Maria Estela. E sou amiga da mãe da Dora. Sei que você está triste pela Dora, querida. Eu também. Mal posso acreditar. Era sobre isso que eu queria falar com você. Como isso aconteceu? Estavam brincando com velas? Que ideia ruim, não? Você já pensou que a Dora também tem sonhos? Ela não vai ser bonita como você, sabia? Vai ter que viver com o rosto queimado para sempre. Não precisa ficar nervosa, querida. Estou falando numa boa. Não é para assustar você. É apenas para que você saiba. A culpa não é sua. Você é só uma criança. É claro, a Dora também, mas não adianta lamentar. O que precisa prevalecer agora é a justiça. Tenho certeza de que você ama sua mãe, mas ela vai ter que arcar com as consequências, querida. Você concorda? Não quero que você fique triste. Isso pode ser bom, no fim das contas. Ela nunca mais vai botar você numa situação como essa. Sabe, Alessandra, se isso tivesse acontecido com a Maria Estela, você e sua mãe nunca mais pisariam aqui na escola."

Alguns meses depois, Inês fala com o pai sobre a ideia de mudar de cidade. O pai se preocupa, agora que a dor nas costas vem se agravando galopantemente e é cada vez mais difícil andar na rua sem ajuda. (Motivo que fez o velho ficar em casa no aniversário de Alessandra e, aliás, nunca ficar sabendo do ocorrido, apesar de ter aberto o jornal e lido a notícia de que uma menina pegou fogo e o alerta sobre os perigos das roupas de náilon.) Além disso, não quer ficar sozinho, vai sentir saudades da neta. Ele quer convencer Inês a se mudar para perto dele. Vai ser mais fácil para ela ir ao trabalho. Pode procurar uma escola para Alessandra nas redondezas. Inês descobre uma boa escola no bairro vizinho, onde o ensino é mais flexível em relação às individualidades dos alunos.

Alessandra piora o desempenho escolar desde o acidente, e a professora chama a mãe para uma reunião. Sugere que seria prudente buscar um psicólogo para Alessandra.

"Minha filha não tem nenhum problema", Inês diz. O fato é que ela não está em condições de pagar um psicólogo.

"Não se trata disso, senhora. O apoio psicológico pode ser bom. Vou ser sincera: para mim, o boletim da Alessandra é um reflexo do que está acontecendo. Nenhuma criança quer conversar com ela. Durante a última semana, chamei sua filha para ficar comigo na sala dos professores no recreio. Sempre que eu passava pelo pátio, ela estava sentada num banco, sozinha. É difícil fazer os alunos socializarem à força. Quando conversei com a coordenadora pedagógica, ela disse que era melhor eu não intervir. Acredito que todo mundo saiba do que aconteceu com a Dora. Tenho certeza de que sua filha lamenta muito. De um dia para outro, ficou sem a melhor amiga e agora ninguém fala com ela. Acredito que a terapia vai ajudar a Alessandra."

Inês já imaginava que a vida no colégio não estava fácil para a filha, mas não sabia que ela passava os dias sem falar com ninguém. A menina quase não fala mais com a mãe. Alessandra agora chega em casa e vai direto para o quarto.

Se a filha tem passado por isso na escola, por que continuar? A mensalidade do colégio, mesmo cortada a cinquenta por cento, ainda é uma fortuna. Fora os livros e o uniforme, fora tudo o que Alessandra precisa comprar porque todos os colegas têm.

Alessandra encontra alívio apenas à noite. Quer que tudo tenha sido um sonho para que possa acordar, mesmo que inquieta, e voltar a dormir. Custa a voltar a dormir.

O problema do fogo é que depois que ele passa nada permanece como era. Você pode jogar água em alguém que queima e parar o processo que faz a pele perder a forma, derreter, trocar de cor; mas não tem como desfazer uma queimadura. Dora vai querer uma pele nova, igual à que tinha, vai rezar ao ir para a cama com esperança de acordar do jeito que era antes, e no entanto vai se olhar no espelho e ver algo semelhante à Dora de antes mas diferente. Vai imaginar como seria se sua vida fosse perfeitamente normal, nunca maculada por uma deformação que vai deixar as pessoas desconfortáveis: crianças vão rir e adultos vão desviar o olhar, e não vão saber fazer isso de maneira discreta, porque o natural seria olhar, não muito nem pouco, mas na medida certa do quanto se olha para alguém.

Inês escreve um e-mail que acaba nunca mandando:

> Renata,
> pensei bastante se deveria escrever para você. Talvez tentar consertar o que aconteceu não seja meu direito. Imagino que até pedir desculpas seja pouco. Minha irresponsabilidade não tem perdão. Penso nisso sem pausa desde o dia do acidente. Eu daria minha vida pela Alessandra e imagino que você faria o mesmo pela Dora. Minha filha também se sente culpada. Gostaria que ela não estivesse passando por isso. Mas sei que a dor de vocês é incomparável. Estou à disposição para o que precisarem. Qualquer coisa.
> Inês.

Inês fantasia que Renata, se tivesse recebido o e-mail, responderia:

> Inês,
> você não faz ideia. A menor ideia. Eu não sabia que o inferno se vivia aqui na Terra. Choro todos os dias até dormir. Meu marido não. Até agora ele não chorou. Antes da Dora nascer, perdemos um bebê com três semanas de gestação. Foi o pior momento da minha vida. Naquela vez ele também não chorou. A sensação voltou agora. Graças a Deus minha filha está viva. Se não estivesse, seria outra história. Mas o acidente mudou nossa perspectiva de futuro. Tenho dificuldade de imaginar a vida da Dora daqui a dez, quinze anos. Antes dava para ver o futuro com clareza. Conversei com meu padre e ele disse que só existe um caminho: perdoar. É difícil perdoar. Talvez o mais difícil para um cristão.

Perdoar nem sempre faz sentido. Nem sempre tem significado ou serventia. Não vem de dentro. E mesmo assim é o que se deve fazer.
Não gostaria de ver você de novo pessoalmente. Isso está além da minha capacidade. Não sei se estou sendo sincera, ou se isso faz alguma diferença agora, mas pode se considerar perdoada.
Renata.

Mãe e filha se mudam para um bairro afastado; a agência de fotografia publicitária, depois de anos, contrata Inês com carteira assinada, o que não significa que ela ganharia mais, apenas que o ganho passaria a ser mensal + benefícios; Alessandra entra no colégio público, onde não conhece ninguém, e nunca comenta que esteve no famoso caso da menina que pegou fogo; a filha e a mãe têm agora uma relação menos afetuosa do que antes, talvez meramente burocrática; Inês exige que Alessandra faça terapia; vão juntas a uma terapeuta de família, e a menina em seguida se recusa a continuar, mas Inês se apaixona pelo tratamento; os anos se passam e o avô morre; Inês usa parte da herança para cursar uma faculdade de psicologia à noite e se forma quando Alessandra termina o ensino médio; a menina, já saindo da adolescência, decide estudar educação física e passa no vestibular em outra cidade; a mãe vai junto com a filha.

Dora e Alessandra nunca mais vão se ver. Por sorte não há processo judicial. Talvez intuíssem que isso só resultaria em um trauma que estenderia a questão. Agora aquilo é passado.

Digamos que Alessandra se sente bem na educação física. Além de ter aptidão para os estudos, se encanta com as aulas práticas na universidade. Gosta de handebol e nada na piscina algumas vezes por semana fora do horário das aulas. Tem experiências como professora em escolas públicas e gosta do desafio. Os pequenos normalmente são obedientes e as aulas são produtivas. Com os adolescentes é mais difícil. Os meninos só querem jogar futebol; as meninas aceitam outras atividades, mas no geral preferem caminhar pelo pátio, e há alunos que não se sentem obrigados a se exercitar. Em pouco tempo, precisa fazer algo que nunca imaginou: aplicar provas de múltipla escolha.

Perto da formatura na universidade, Alessandra concorre a três vagas de emprego em lugares diferentes: uma escola privada, como professora auxiliar; uma academia de ginástica; e um clube, como professora de natação. Está inclinada para a última opção.

Quando Alessandra tinha sete anos, quase se afogou depois que o avô, que a ensinava a nadar na praia, deixou Alessandra boiando sozinha para perder o medo e a menina foi levada pelo repuxo alguns metros mar adentro, de modo que ele não conseguiu mais alcançar a neta. Ela levantou os braços, engoliu água, bateu os pés descoordenadamente e demorou para alcançar o avô, que gritava para que ela boiasse sem lutar contra a correnteza. Isso foi suficiente para causar a comoção dos banhistas, que fizeram um círculo para observar a menina saindo do mar com o velho. Inês correu até eles e ficou mais furiosa que aliviada, e agora, muitos anos depois, não quer que a filha escolha aquele emprego.

"Mãe. Eu era criança. Faz uma eternidade. Eu nado na piscina há anos."

"Você tem opções melhores."

"Sou eu que sei o que é melhor pra mim."

Inês, depois de ter trabalhado numa empresa de recursos humanos e num centro de psicologia universitário, finalmente consegue abrir um consultório em parceria com uma colega que em dois anos se muda para fora do país e deixa vários pacientes para Inês.

Uma das pacientes tem a mesma idade de Alessandra e alguns traços em comum. Como parte da conduta, Inês nunca conta para a moça que tem uma filha. No entanto, sempre presta atenção especial no que ela diz, buscando encontrar alguma proximidade. Num almoço com Alessandra, conta sobre a paciente.

"O jeito de falar é igual ao seu. É tão esquisito. Parece que estou recebendo você no consultório."

Alessandra não fala nada. Come o resto da comida.

Algumas semanas depois, a mesma paciente diria algo que deixaria Inês inquieta.

"Ontem sonhei que estava na casa da minha mãe. Só que eu era um bicho gigantesco e com fome, eu tinha pelos e chifres e uns dentes pontudos. Ouvi minha mãe me chamando no fim do corredor. Abri a porta do quarto e ela estava deitada na cama. Quando me viu, ficou escandalizada com a minha aparência. Disse que não tinha criado uma filha para que se tornasse um monstro. Que a culpa não era dela. Que foi uma boa mãe. Nesse momento usei minhas garras pra rasgar a cara dela. Senti um prazer tão grande com os gritos que continuei. Mordi o corpo dela até que tivesse sangue por toda a cama. Ela continuava a berrar. Quando morreu, me alimentei do corpo. Aí o despertador tocou. Eu já tive muitos sonhos horríveis em que senti alívio quando acordei e vi que nada tinha sido real. E já tive sonhos maravilhosos em que bateu uma tristeza ao acordar. Dessa vez, eu não sabia o que sentir. Era uma mistura dos dois. Tristeza e alívio."

Inês demora para dormir à noite. Imagina Alessandra entrando em seu quarto com feições de monstro. Pede para a filha parar, mas ela não para. No dia seguinte, é a vez de Inês se consultar com sua psicóloga.

"Ser mãe solteira nunca foi fácil. Todas as responsabilidades caíam sobre mim. Eu ainda me sentia uma criança quando engravidei. Em nove meses, tinha que ser responsável por mim e pela minha filha. Eu gostava de desenhar naquela época. Acho que tinha algum talento. Desde que ela nasceu, nunca mais toquei no caderno de desenho. A culpa não é dela, claro. Mas também não é minha. Sei que não é fácil viver à sombra dos pais. E sei que a infância é determinante de muitas maneiras. Mas ninguém fala da culpa que as mães carregam. A pressão. Como viver pensando que as minhas escolhas ainda definem minha filha hoje? Imagino toda a raiva que ela sente por mim. Consigo *ver* a raiva. Mesmo assim, por que não tive direito de errar? Sou um ser humano como qualquer outro. Talvez ela me entenda quando tiver filhos. Quando a Alessandra era pequena, subia no meu colo e sorria de um jeito que me fazia ter certeza de que o amor que ela sentia por mim era maior que qualquer coisa. Tem algo inexplicável no amor de mãe e filha. Chega a ser animalesco. Doentio. Existem muitos relatos de como as mães amam as filhas. Sobre as filhas amarem as mães, é mais difícil saber. Tenho certeza de que a Alessandra me amava. Hoje não sei se minha filha me ama."

Há algo que incomoda Inês: até então, Alessandra nunca apresentou a ela nenhum garoto, e desviava do assunto. Inês começou a achar que a filha era lésbica. Numa conversa franca, em que a mãe decidiu botar a filha contra a parede, Alessandra esclareceu que não era lésbica, e sim heterossexual e arromântica.

As duas não moravam mais juntas. Tinham vidas diferentes e se falavam pouco quando a conversa aconteceu. Almoçavam no bufê de sempre. Inês, já preparada para receber a filha de braços abertos, nunca tinha ouvido falar de arromanticidade.

"Então quer dizer que eu não vou ter netos?"

"Isso é você quem conclui."

"Você nunca vai casar?"

"Não. Nunca vou casar."

"Por quê, Alessandra? O que houve?"

"Nada. Não houve nada. Eu gosto de meninos, sempre gostei. Só não gosto do envolvimento. Da vida de casal."

"O envolvimento pode ser maravilhoso. Estar com alguém ao lado é importante, e construir uma família é o que tem de mais bonito. Se envolver é natural do ser humano."

"Não tem nada de natural. É algo imposto desde o nascimento."

"Minha filha. Você não acha que isso é apenas medo de se relacionar?"

"Quanto tempo faz que você não namora?"

"E daí? Meu foco é o trabalho. E antes meu foco era você. Já passei da fase. Mas foi importante. Todos devemos passar por isso um dia."

"Eu não acho. Pelo menos não quero. E gostaria de ser respeitada."

"Só não precisa ter ideias fixas. A gente passa por fases diferentes na vida."

Mais tarde, em casa, ela busca o termo na internet. Será um conceito consolidado ou um modismo? Encontra um blog em que usuários discutem ideias relacionadas à arromanticidade — ainda não entende por que Alessandra está filiada àquilo. O site tem uma seção de perguntas frequentes com algumas informações: de fato, os arromânticos podem ter uma vida sexual ativa, e também podem sentir amor, por parentes ou amigos ou parceiros; a arromanticidade não está relacionada à sexualidade ou à orientação sexual; existem, no entanto, arromânticos que também são assexuais. Mas por que alguém se privaria de escolher um parceiro com quem compartilhar a vida? De onde vem a identificação de Alessandra com algo de que Inês nunca ouviu falar? Ela toma banho, prepara um chá e se deita para dormir.

Inês tem um sonho. Vê a filha, mas é como se não estivesse lá. Tenta chamar o nome dela, mas não consegue falar nada. Alessandra está no fim de um beco. Tem uma expressão de inquietude. Parece esperar por algo. Inês pergunta o que está acontecendo, mas a filha não nota sua presença. O silêncio do sonho é quebrado por passos que vêm de longe. Alessandra fica apreensiva enquanto os passos se aproximam. Inês percebe agora que não pode olhar para o lado. A câmera está imobilizada como se estivesse num tripé. Ela só pode esperar. Alessandra chora. Inês sabe que não há nada que possa fazer. Os passos vêm acompanhados de risadas, grunhidos. Entram no quadro vários rapazes. Cinco, talvez; ou quatro; ou seis, ou sete. À frente vai uma figura com uma pistola prateada. Os outros garotos têm socos-ingleses, facas, navalhas. Inês grita e continua despercebida. Não pode fechar os olhos. Assiste ao que acontece. O rapaz com a arma também assiste.

"Alô."
"Filha, você tá bem?"
"Sim, mãe. Fala."
"Queria ter certeza de que você tá bem."
"Eu ainda tenho duas horas para dormir. Você não pode ligar assim tão cedo."
"Eu sei, filha. Tive um sonho com você. Foi muito ruim."
"Um sonho?"
"É."

"Tá tudo bem por aqui. Vou voltar a dormir."
"Desculpa. Eu não devia ter ligado. Filha?"
"Fala."
"Você sonha bastante?"
"Hm. Na verdade não. Nunca."

Tudo fica mais nebuloso semanas depois, quando Inês tem o mesmo sonho. Outra vez ela só observa os garotos alcançarem Alessandra no fim de um beco.

Pede para antecipar a sessão com a psicóloga para aquele mesmo dia.

"Não consigo me mexer. Nem sei se estou lá. Grito, mas não consigo me ouvir. Os rapazes chegam como da última vez. Com calma. Sem nenhuma expressão no rosto. Como se apenas cumprissem um ofício. Um deles tem uma pistola que nunca é usada. Ele fica parado, assistindo aos outros. Alessandra grita. Eles torturam minha filha de vários jeitos. O moço do soco-inglês dá socos na barriga dela. Os outros usam lâminas pra esfolar a pele. Descascam aos poucos, sem pressa. No fim do sonho tem sangue por todo lado. O pior de tudo é que ela não morre. Eles fazem Alessandra chegar o mais perto possível da morte, mas ela não morre. Nesse momento eu chego a querer a morte da minha filha, pra que ela não sofra mais. Vejo desespero nos olhos dela. E percebo que, mesmo que ela não note a minha presença, está decepcionada comigo. Precisa de mim e eu estou longe. Duas vezes."

Quando Inês tem o sonho pela terceira vez, espera a hora em que a filha costuma acordar e liga.

"Bom dia, mãe."
"Tudo certo com você, Alessandra?"
"Como sempre."

"Filha. Ando com um mau pressentimento."
"Ah, começou."
"Acho que você devia trocar de emprego. É sério. Eu te ajudo. Pago as contas enquanto você não encontra um trabalho novo."
"E por que eu faria isso?"
"Porque é perigoso."
"Ser professora de natação?"
"Você quase se afogou."
"Não acredito que estamos tendo essa discussão. É brincadeira?"
"É muito sério."
"Não parece, mãe. Quantos anos eu tinha?"
"Filha, por favor, me escuta. Quando você for mãe, vai entender. Acordei de novo com um sentimento muito forte. Por favor, promete que vai considerar outro emprego. Só quero que você pense no assunto. Não precisa trocar, só procurar outra opção, sem compromisso."
"Você quer vir para o trabalho comigo um dia? Assim você vê que não tem perigo nenhum."

Alessandra pede uma autorização ao clube para que Inês a acompanhe. Sugere que a mãe leve roupa de banho para relaxar na raia livre da piscina.

Inês toma uma ducha no vestiário, entra na piscina e se aloja num canto. Alessandra vai começar a aula.

Inês percebe que a filha usa um maiô que fica feio no corpo. Faz tempo que não vê Alessandra em roupa de banho. Quando criança, ela gostava de lantejoulas e cores vibrantes.

Inês gosta de assistir às aulas. Há três turmas nesta parte da tarde. As duas primeiras são de crianças entre dez e doze anos. Alessandra fica fora da piscina dando orientações. Demonstra a execução correta dos nados e pede que os alunos repitam o procedimento dentro d'água. Inês observa que a filha presta atenção no desempenho das crianças.

Alessandra está de fato interessada na maneira como os alunos progridem. Na segunda aula, repreende dois meninos que trocam palavrões. É firme, mas faz pouco-caso do assunto. "Próximo palavrão e vocês vão ter que procurar outra professora", ela diz, e continua a aula de onde parou.

A última turma é de crianças de cinco anos. Os pais assistem de longe. Alessandra entra na piscina com os pequenos. Com paciência, propõe brincadeiras e incentiva as crianças a balançar as pernas. Há atividades com pranchas, boias e aros que os alunos precisam buscar.

"Você tem muito jeito", Inês diz depois da aula.

"Obrigada. É meu trabalho."

"Vai ser uma mãe maravilhosa um dia."

"Tá certo."

"O que foi?"

"Nada. Falei que tá certo."

"Não entendo por que você evita alguns assuntos."

"Evito?"

"Você quer ter filhos?"

"Não sei, mãe. No momento, não."

Estão prestes a se despedir.

"Respeito a sua maneira de viver, Alessandra. Mas acho que você gostaria de ser mãe. É como nascer de novo. É um amor que você nem sabia que podia sentir."

"Tudo bem."

"E você é uma ótima professora."

"Não foi tão ruim, foi? Ou você ainda tem medo de eu me afogar?"

"Não, não foi tão ruim. Fiquei feliz de ver você trabalhando."

"Que bom. Agora relaxa, mãe. Cacete, você tá sempre tensa."

No dia seguinte, Inês liga pela manhã e Alessandra atende.
"Bom dia, mãe. Outro sonho?"
"Não. Na verdade, tive uma ideia. Você disse que não costuma se lembrar dos sonhos. Já pensou em fazer um diário?"
"Eu nunca tenho sonhos."
"Por isso. Acho que você deveria começar a tomar notas logo quando acorda."
"O que eu anotaria se não tenho sonhos?"
"Minha psicóloga disse que o jeito é ficar parada na cama logo quando acorda e tentar não se mexer. Você tem que se esforçar um pouco para lembrar. Logo alguma memória vem. Então você vai puxando outras. E anota."
"Ok. Mas por quê?"
"Eu gostaria de te entender melhor. E com esses sonhos que venho tendo, queria saber o que você sonha."
"Mãe, o que tá acontecendo?"
"Por favor, filha. Faz isso por mim."
"Hm. Ok. Se você quer tanto, eu faço."

Alguns dias depois Inês tem o mesmo sonho do beco. O intervalo é menor desde a última vez. Tudo acontece igual: ela assiste sem se mover a uma gangue de rapazes sem expressão torturarem Alessandra.

Espera o horário em que a filha está acordada e liga. Ninguém atende. Ela toma café, se veste e, antes de ir para o consultório, liga de novo. Nada.

Naquele mesmo dia ela recebe a paciente que sonhou que era um monstro. Durante a consulta, Inês deseja que a moça fale sobre o sonho ou sobre a mãe, mas ela apenas continua o assunto da semana anterior.

No fim do dia, Inês liga de novo para a filha. Manda uma mensagem. Mais uma vez fica sem resposta.

Na tarde do dia seguinte Inês vai até o clube onde Alessandra trabalha. Na recepção, diz que é mãe de uma das professoras de natação e que precisa falar com a filha. A recepcionista confere o nome de Alessandra e verifica que ela não está no clube. Não passou pela catraca. Inês pede para falar com algum superior da filha e é levada à sala de coordenação de esportes, onde há uma mulher atrás de uma escrivaninha. Inês pergunta se a mulher sabe algo sobre Alessandra.

"A sua filha ligou para cá ontem de manhã e pediu para não trabalhar pelo resto da semana."

"A semana inteira?"

"Alessandra trabalhou durante metade das férias no último verão e tinha direito a duas semanas de folga."

"E avisou assim em cima da hora?"

"Foi em cima da hora mesmo. Tive que conseguir um professor substituto. Alessandra disse que estava passando por problemas pessoais."

"Ela disse o que era?"

"Não. Sinto muito."

Inês desmarca a sessão seguinte no consultório e vai até o prédio onde Alessandra mora. Toca o interfone e espera. Não há resposta. Depois de dez minutos, vê um rapaz saindo do elevador com um cachorro na coleira.

"Olá, tudo bem? Você conhece uma vizinha chamada Alessandra? Sou a mãe dela. Vim buscar umas coisas e descobri que ela me deu a chave do apartamento, mas não a do portão."

O rapaz deixa Inês passar e ela agradece. Sobe de elevador e toca a campainha. Tem a sensação de que a filha está no apartamento. Alessandra deve saber que é ela no corredor. Talvez tenha visto pelo olho mágico.

Depois de meia hora, ela desiste.

Inês volta a ter o sonho durante a noite. Acorda com as pálpebras presas. Chorou enquanto dormia, e agora tem um pouco de água por cima de cada olho.
Tenta ligar para Alessandra várias vezes durante o dia. Perde a concentração enquanto os pacientes contam sobre suas vidas. Só consegue pensar na filha.
No dia seguinte acorda depois do mesmo sonho. De novo passa o dia ligando para Alessandra. A mesma coisa no dia seguinte. Pensa em ligar para alguma amiga de Alessandra, mas não tem o número de nenhuma. Cogita ligar para a polícia. Acredita, no entanto, que vai ser em vão.

Durante a noite, o mesmo sonho: o beco, a gangue, as armas, o rapaz com a pistola, e ela, Inês, observando tudo sem poder intervir. Dessa vez, porém, a filha sente raiva. Não só decepção: raiva.
Chegando do trabalho, Inês manda uma mensagem para a filha. Imagina que não vai receber uma resposta, mas manda mesmo assim: *Só quero que você saiba que eu também erro, mas que nunca machucaria você de propósito. Desculpa por me intrometer na sua vida. Beijo, mãe.* No sábado, Inês acorda do mesmo sonho e vai ao prédio onde a filha mora. Toca a campainha e ninguém atende.

Domingo: mesmo sonho. Inês prefere não ir atrás de Alessandra. Em vez disso, tira o dia para si. Dá uma caminhada pela praça do bairro e toma suco numa lanchonete.
Voltando para casa, vê um cartaz que anuncia uma exposição no centro da cidade. Estará à mostra um acervo de arte pré-colombiana, e este é o último fim de semana.
À tarde ela vai ao museu. Primeiro Inês visita a seção inca. Há cerâmicas, esculturas, mantos, representações de cruzes

andinas e réplicas das moradias incas. Em seguida, se encaminha para a ala de arte maia.

Numa câmara há uma enorme pedra com sulcos gravados. A pedra foi encontrada no México no século XX e mostra uma contagem de dias segundo um calendário maia. Isso, Inês descobre através da placa indicativa da obra. Ela lê rápido, enquanto olha para a pedra. Depois passa pelos quatro lados. Bem na frente há a figura de um homem com adornos na cabeça e nos ombros. Ela imagina que os adornos representavam ouro quando aquele homem era vivo, se é que ele de fato existiu. Embora haja muito desgaste, os detalhes são ricos. As fendas se bifurcam em padrões que cobrem a pedra até o topo. No lado seguinte estão gravados símbolos, centenas deles. Às vezes alguns se repetem, ou parecem se repetir. Há linhas horizontais e algumas formas arredondadas. No terceiro lado há o mesmo tipo de símbolo, mas no canto esquerdo Inês vê a imagem de um enorme pássaro de bico curvo. A expressão nos olhos do pássaro é mais viva que na figura do homem. Padrões preenchem o corpo do pássaro. Por fim, no último lado da pedra, não há nada, apenas uma superfície lisa. Se havia alguma coisa, o tempo se encarregou de apagar.

Inês olha por vários minutos para um lado, depois passa para o lado seguinte, volta para o anterior e anda em torno da pedra. Não consegue desviar o olhar. Algumas pessoas apenas põem a cabeça para dentro da sala e seguem seu caminho. Outras se interessam pela pedra. Há quem note o comportamento de Inês e olhe de novo para tentar entender o que há de tão especial ali. Ela não presta atenção em ninguém. De vez em quando senta no banco da sala, mas logo se levanta e mantém os olhos fixos nos sulcos gravados na pedra.

Algum tempo depois, um funcionário avisa a Inês que o museu vai fechar.

"Posso ficar só mais cinco minutos?"

O funcionário levanta o olhar e estranha, mas diz que tudo bem.

Inês senta no banco e respira fundo, olhando para o bloco de pedra. Tira o celular da bolsa e faz algumas buscas. Pesquisa pelo nome de Renata e encontra o site onde ela anuncia seu trabalho como produtora de eventos. No site há também o contato de Renata. Inês liga para ela.

Depois de vários toques, ela atende:
"Alô."
"Renata? Que bom falar com você."
"Quem é?"
"Aqui é a Inês."
"Que Inês?"
"Inês. A mãe da Alessandra."
Há um momento de silêncio.
"O que você quer?"
Inês prepara a voz e tenta soar calma.
"Gostaria de saber como está a Dora."
Segue outra pausa do outro lado da linha.
"Nossa Senhora. Que coragem você tem de me ligar depois de todos esses anos para perguntar como está a minha filha. Isso é uma piada? Eu espero do fundo do meu coração que você queime no inferno, sua vagabunda nojenta. Vai pra puta que te pariu."

Renata desliga.

Inês levanta e se encaminha para a saída do museu. Anda com pressa, quer sair dali e ligar para Alessandra. Não sabe por quê, mas algo lhe diz que a filha vai atender dessa vez.

Hermílio e Ygor

Quando descobri que o Festival Internacional de Música Ambiente seria numa cidadezinha da região dos pântanos, perto da fronteira do Brasil com a Bolívia e no coração do continente, imaginei que a viagem seria incomum. Ainda assim, não podia imaginar que minha estadia iria coincidir com a morte de uma das figuras mais pitorescas da cidade. O modo sanguinário e aparentemente acidental como o crime ocorreu chamou a minha atenção. O suposto crime faria parte de um contexto maior, envolvendo um culto pouco convencional que havia se instalado na região. De uma hora para outra, me lancei a descobrir mais sobre o caso, e deixei de lado meu objetivo inicial. É óbvio: mortes bizarras costumam atrair mais leitores de jornal do que música ambiente.

Como eu esperava, o jornal em que trabalho não queria cobrir os custos da viagem. A seção que escrevo é a que tem mais acessos entre as colunas individuais. Ainda assim, não tenho liberdade para falar sobre qualquer tipo de música.

Minha carreira havia começado como muitas outras. Vim do interior para uma cidade grande e senti ao mesmo tempo medo e deslumbramento pelas tantas possibilidades da vida urbana. Fui vivendo de bicos e com a ajuda dos meus pais enquanto estudava. Trabalhei em redações e assessorias de imprensa que pagavam o suficiente para eu me virar.

Meu real prazer estava em manter um blog de música. Nunca aprendi a tocar nenhum instrumento e não sabia cantar. Meu talento era escutar música e traduzir as sensações para o texto. Com o passar dos anos, minhas críticas foram melhorando e ganharam notoriedade. As centenas de pessoas que todos os dias liam o blog viraram milhares. Artistas de todo o país passaram a me enviar lançamentos em primeira mão. Finalmente tive a sensação de fazer o que gostava, apesar de não ganhar dinheiro com aquilo. Até que um jornal de grande circulação me fez uma proposta. Fundi o nome que tinha construído com o do jornal e ganhei um espaço que atingia mais leitores. O que significava se comprometer com um público mais amplo.

Mesmo assim, quando fiquei sabendo que haveria um festival de música ambiente reunindo alguns dos artistas mais promissores do gênero na América Latina, comprei o ingresso na mesma hora. Aproveitei alguns dias de férias que tinha de crédito e fui. Talvez nem desse para publicar o texto no blog, mas eu queria ir de qualquer jeito.

Cheguei em meio a um calor insuportável e percebi que o aeroporto estava bastante movimentado. Entrei numa fila pequena e tomei um táxi para o hotel. Sentei no banco de trás e pedi licença para colocar meus fones de ouvido. Quando chegamos perto do centro, notei as construções antigas da cidade. O hotel era o prédio mais alto das redondezas, seguido, talvez, pela igreja.

Olhei no relógio e levei um susto. Por um momento, pensei que estava atrasada. Depois notei que o fuso horário tinha mudado. Ainda teria uma hora para gastar. Passei na recepção e peguei minha chave. Eu estava num quarto pequeno e úmido com vista para o rio. Deixei as coisas no quarto, tomei uma ducha e desci. Perguntei por algum lugar onde pudesse comer, e o recepcionista me indicou um restaurante que ficava no caminho do festival.

Andei algumas quadras até que minha atenção foi capturada por uma multidão que se concentrava numa praça.

Um toldo enorme tinha sido montado, provavelmente para proteger as pessoas caso chovesse. Filas de cadeiras se estendiam em frente a um pequeno palco. Devia haver mais de cem pessoas. Dos dois lados havia cartazes em que se lia um nome: Hermílio Silva. As pessoas estavam esperando a apresentação começar, algumas de pé, conversando ou comprando picolé e pipoca dos ambulantes. Cheguei mais perto. Parei ao lado de uma senhora que esperava debaixo do sol, com uma sombrinha, e perguntei quem era Hermílio Silva.

"Você não é daqui, minha filha?", ela disse.

"Não."

"Eu também não, sabe. Mas é que o homem é conhecido."

"E o que ele faz?"

"Hermílio Silva? É o mais importante escritor vivo."

Eu não esperava aquela resposta. Nunca tinha visto uma multidão se reunir para ver um escritor falar, e não sabia se Hermílio Silva iria recitar poemas ou algo do tipo, mas não me parecia um evento muito interessante. Agradeci e disse que precisava almoçar.

"Só mais cinco minutos e começa, minha filha. Dá pra ver ele lá na frente, sentado com a mulher. Fica só pra ver o comecinho."

Esperei uns dois minutos e estava prestes a ir embora quando vi um homem subir no palco. Ele devia ter mais ou menos a minha idade. Usava camisa e calças brancas; tinha espinhas no rosto.

"Boa tarde", ele disse. "Agora peço que todos me escutem. Meu nome é Ygor, com ípsilon, Ygor Ângelo Gomes Júnior, e eu tenho convicção de que Hermílio Silva é uma farsa, além de mau escritor."

A senhora que estava ao meu lado arregalou os olhos e apertou as sobrancelhas. Da mesma forma, as pessoas na plateia pareceram se revoltar.

O garoto continuou:

"Eu falo muito sério. Esse homem é um charlatão, um lixo, um nada. O que ele quer é fama. Ele não entende nada do que escreve. É só um fantoche nas mãos de outras pessoas."

Alguns se levantaram e gritaram para que ele saísse dali.

"Se vocês quiserem literatura de verdade, entrem no meu site, descubram sobre o meu movimento", ele gritou, e repetiu o próprio nome.

Um homem careca e de óculos correu na direção dele. Ygor passou para a parte de trás do palco e fugiu. Em pouco tempo, estava longe. O homem seguiu Ygor até um canto da praça, e logo desistiu. O alvoroço continuou. "Esse babaca, sim, é que quer aparecer", ouvi alguém dizer.

Quando anunciaram que o evento atrasaria mais dez minutos por causa do tumulto, me despedi da senhora e segui meu rumo. Eu estava curiosa pela fala do mais importante escritor vivo, principalmente depois da contribuição do Ygor, mas tinha vindo para um festival que duraria apenas um dia.

Engoli a comida a quilo do restaurante e me dirigi à margem do rio. Andei por uma rua cheia de prédios históricos que davam de frente para um cais, e segui o mapa. Cheguei a um hangar grande, e de longe ouvi uma melodia difusa. Mostrei meu ingresso para uma mulher pouco contente com o trabalho. Espiei dentro do hangar e vi algo como trinta pessoas perto de um DJ.

O editor do jornal não gostava tanto quando eu enviava textos sobre música de gêneros menos acessíveis, como noise, drone e música ambiente. Lembro bem quando li um artigo na internet que falava sobre a cura da ansiedade por meio da música ambiente. O artigo defendia que o gênero era impopular por puro preconceito. O nome fazia lembrar algo como música de elevador, para servir de pano de fundo enquanto se faz outra coisa. Escutar só determinados gêneros musicais, dizia o artigo, é limitar de maneira consciente as possibilidades de transcendência através da arte. Somos encorajados a ouvir apenas música que nos traga pensamentos positivos, esquecendo toda uma gama de sentimentos válidos e subestimando o poder terapêutico da música que escutamos sozinhos, com fones de ouvido, no silêncio do quarto, quando precisamos ressignificar nossa consciência através do som, podendo interpretar a música como quisermos, abrindo espaço para o obscuro que vive em nós. Afinal, dizia o artigo, esconder emoções com camadas de acordes maiores e palmas sintetizadas apenas provoca uma aparência de felicidade que não existe de fato. Por fim, o texto citava artistas que compunham música sem eixos, sem senso de destino, e sim atmosferas, espaços, como se o ouvinte fosse posto dentro de um ambiente e a experiência de ouvir música fosse misturada aos outros sentidos. No mesmo dia em que li o artigo, fiz o download do que encontrei dos nomes citados, como Brian Eno, Fennesz e William Basinski. A calma que conseguia obter daqueles discos permaneceu por anos como um tesouro guardado, um oásis que eu podia acessar quando quisesse, paredes de sintetizadores e batidas a desbravar, passando do canal direito para o esquerdo e me fazendo perder a noção do tempo. Estavam ali todas as respostas, as melodias gentis que me acalmavam e estimulavam meu foco. Só que o fato é que a maioria das pessoas não consegue se acostumar ao vazio que esse tipo de música pode suscitar.

 Eu não sabia se o público do festival era de fãs como eu ou apenas locais sem outra coisa para fazer. Fui ao bar comprar cerveja e um garoto me reconheceu. Ele disse que lia meus textos com frequência e que também tinha viajado para o festival. Ele estava sozinho, e eu não quis dar muito assunto para que ele não me seguisse.

Os artistas mais talentosos eram os nacionais. O melhor show foi de uma dupla do Nordeste que brincava com a noção sonora de espaço através de tapeçarias instrumentais. Dentro do hangar, a experiência era bem diferente. Algumas apresentações não tinham força num lugar grande como aquele. A acústica não ajudava. Tomei uma cerveja atrás da outra, pensando se o festival valeria afinal um texto, e saí antes do fim, um pouco decepcionada. No caminho, comprei um sanduíche numa lanchonete e fui para o hotel. Tomei banho pela segunda vez no dia e me deitei para dormir.

No dia seguinte, levantei tarde e fui tomar café da manhã. Havia um burburinho na recepção que preferi ignorar. Me servi de café e frutas e só me ative ao noticiário da televisão quando sentei.

Um programa local noticiava a morte violenta de um escritor da cidade.

Larguei o café na mesa. Fiquei durante um bom tempo fazendo algumas pesquisas no celular e checando nomes.

Em menos de vinte e quatro horas naquele lugar, eu havia conhecido dois escritores proeminentes, mesmo sem me interessar tanto por literatura, e um deles tinha morrido. O noticiário apresentou a morte como um acidente, e a princípio não havia como pensar de outra forma. O jeito como a morte chegou até ele, na sua própria casa, era tão diferente de tudo o que eu já tinha visto que decidi saber mais sobre o caso.

Liguei para meu editor. Contei tudo rapidamente.

"Não viaja", ele disse.

"É sério. Acho que tem uma história aqui."

"Um assassinato no interior?"

"Acho que é mais do que isso."

"Bom. Se você quiser ficar aí, vai ter que fazer por fora. O jornal não vai cobrir os custos."

"Tudo bem."

"Se o texto for bom, aí conversamos. E se cuida."

Meu voo de volta estava marcado para o começo da tarde. Remarquei a passagem para dali a três dias.

Me ocorreu que talvez eu devesse ir ao velório, mesmo que fosse apenas para ver quem compareceria. Procurei o perfil do escritor e encontrei uma postagem no mural dele. O velório seria restrito a amigos e familiares. Eu teria que encontrar outras maneiras.

A primeira pessoa com quem conversei foi Marcelle Hahn. Cheguei ao seu contato através do recepcionista do hotel. Pedi a referência de alguém que organizasse eventos culturais na cidade. Marcelle trabalhava na biblioteca municipal. O recepcionista me contou que muita coisa havia mudado quando ela começou a ser bibliotecária. Marcelle tinha um trabalho incansável ao reivindicar verbas para renovar o catálogo de livros e organizar clubes de leitura.

Quando cheguei, pela manhã, Marcelle estava sozinha. Ela me recebeu com um sorriso e me convidou para sentar em frente à sua mesa de trabalho. Marcelle usava uma blusa de oncinha. Puxei assunto perguntando sobre seus autores favoritos, e falei os meus. Anunciei que era jornalista e contei sobre a matéria que queria escrever. Ela me olhou preocupada.

"Menina, o corpo nem esfriou ainda."

Perguntei se ela toparia falar comigo.

"Talvez depois do expediente."

"Ótimo. Eu espero."

Pedi emprestado *O homem é um bicho*, de Hermílio Silva, para ler naquele meio-tempo. Ela me levou a uma prateleira cheia de exemplares, a maioria antigos. "A primeira edição tem vários erros de português. Sugiro a segunda, da virada do milênio. Essa foi revisada." Ela falava como se quisesse mostrar que sabia sobre o autor. "Você sabe mais ou menos o que esperar do livro?"

Eu achava que sim, pelo que tinha lido na internet. Escolhi levar as duas edições e combinei com Marcelle uma cerveja por minha conta no restaurante do hotel. Voltei para lá com a missão de ler todas as trezentas e seis páginas. Liguei o ar-condicionado, deitei na cama e comecei.

Percebi logo de cara que Hermílio Silva não escrevia bem. Tentei seguir a leitura com a maior imparcialidade possível; a experiência foi penosa. Eu sabia que a notoriedade de Hermílio não vinha do seu domínio técnico, e sim das estranhas coincidências históricas no livro. Não havia exagero em nenhum desses dois aspectos.

Em resumo, *O homem é um bicho* contava a história de Jones Hernandes, um médico sul-mato-grossense apaixonado por literatura que, no início dos anos oitenta — a primeira edição do livro é de 1983 —, descobre uma pista sobre o manuscrito de um romance inédito de Machado de Assis que teria sido enterrado junto com o escritor. Jones nunca chega a mencionar como a informação teria chegado até suas mãos. O leitor apenas acompanha a viagem dele até o Rio de Janeiro e sua entrada sorrateira no mausoléu da Academia Brasileira de Letras durante a noite, quando abre o túmulo de Machado de Assis para surrupiar o livro perdido. Voltando para casa, Jones examina o manuscrito — que, aliás, leva o mesmo título do romance de Hermílio Silva, *O homem é um bicho*. Para sua surpresa, o livro de Machado também se passa nos anos oitenta do século XX e conta a história de um médico com seu nome, Jones Hernandes, e de seus esforços para vencer a tirania e trazer prosperidade para sua cidade no Pantanal. Jones, personagem do livro dentro do livro, se apaixona por Miya, uma antropóloga especializada num dos povos da região, e com ela se casa. Os dois personagens são antagonizados por Pablo Pálido, um agricultor que quer expulsar os povos nativos para expandir suas terras. O miolo do livro narra as intermináveis tramas de Pablo Pálido para exterminar os indígenas — que vão desde conluios com o governo federal até o desenvolvimento de uma enorme arma de raio laser — e o obstinado empenho de Jones e Miya, que sempre dão um jeito de impedir a concretização dos planos do grande vilão.

Qualquer análise do enredo de *O homem é um bicho* teria facilidade em apontar inconsistências. Havia inúmeras. Coincidências improváveis aconteciam a cada página; ações inverossímeis moviam os personagens; furos lógicos se sucediam; e, é óbvio: Machado de Assis nunca teria escrito um livro que lança previsões sobre o futuro, ambientando nos anos oitenta um trio de personagens que se envolvem numa perseguição com tintas de ficção científica e romance político. Machado teria que ter poderes mediúnicos para acertar como seria o Brasil de mais de sete décadas após a sua morte.

Alguns aspectos da escrita dificultavam a leitura: as frases eram confusas e longas; os diálogos eram forçados; os nomes dos personagens, bastante excêntricos. Apesar disso, o livro ficou tão absurdo e imaginativo que passei a esquecer os furos. A história era bastante repetitiva, mas não pude deixar de sentir certa simpatia pelo autor.

O livro terminava com uma cena em que não ficava claro se Jones morria ou não. No último capítulo, Pablo Pálido revelava ser pai não só de Jones como também de Miya. A cena me fez lembrar Darth Vader e os irmãos Skywalker, com a diferença de que Jones e Miya tinham vivido uma relação incestuosa por anos. Não havia nenhuma pista ao longo do livro que apontasse esse parentesco. A revelação vinha assim, do nada, sem nenhum tipo de explicação.

Por fim, o primeiro Jones Hernandes, aquele que encontrou *O homem é um bicho* na tumba de Machado de Assis, nunca voltava à história. Depois do encontro do manuscrito, a narrativa se centrava no segundo Jones e nunca voltava ao primeiro. Apesar de todos esses desconfortos, não havia como ignorar as coincidências históricas. Logo que começaram a aparecer, pensei que não deviam passar disso: coincidências. Depois de um tempo, passei a duvidar dessa noção.

Assim como o Machado de seu universo ficcional, Hermílio Silva tinha previsto vários acontecimentos importantes da história do Brasil e do mundo: o fim da ditadura e da Guerra Fria, os planos econômicos brasileiros, impedimentos de presidentes, o Massacre de Eldorado do Carajás, as trocas de poder entre esquerda e direita, ocupações de favelas, as Jornadas de Junho.

A lista segue. Nem sempre havia detalhes, mas os eventos eram inconfundíveis, mesmo que quase nunca essenciais à trama. Na época, o livro poderia ter ares de distopia, com a diferença de que todos aqueles eventos se confirmariam depois.

Verifiquei a data de publicação do livro mais uma vez. Eu tinha lido a segunda edição, de 2001. As páginas eram bastante amareladas.

Fazendo uma rápida pesquisa, encontrei alguns blogs antigos que discutiam o romance, tentando antecipar alguns acontecimentos mencionados por Hermílio.

Nesse momento, Marcelle me mandou uma mensagem dizendo que estava no bar. Quando cheguei, ela me esperava lendo um livro. Perguntei se aceitaria uma cerveja. Marcelle preferiu um suco de laranja. Pedimos um sanduíche para cada uma.

"Tudo bem se eu ligar o gravador do celular?"

"Por mim tudo bem, desde que você não ponha meu nome na matéria."

"Pode ficar tranquila."

"Essa história vai longe." Senti que Marcelle estava animada por me ajudar. Talvez porque se sentisse importante. "Já faz alguns anos que coordeno a biblioteca. O livro do Hermílio é o que mais tem procura. Organizei vários eventos acerca do livro, e hoje sei bastante sobre a biografia dele. Posso dizer simplesmente que Hermílio Silva não é meu autor preferido. Não entraria na lista dos cem preferidos. Isso não muda um fato: *O homem é um bicho* é, de longe, o maior acontecimento literário da história da cidade."

Hermílio Silva veio morar no Pantanal com trinta e um anos, Marcelle disse. Ele tinha uma carreira estável como médico no Rio de Janeiro quando resolveu, junto com Mara, sua esposa, se mudar para um lugar tranquilo. Nessa época, o Mato Grosso do Sul recebia muita gente de outras regiões. Mara era professora de ensino infantil, e conseguiu emprego numa escola local. O casal nunca teve filhos.

Hermílio atendia como clínico geral e contava com a simpatia da população da cidade. Escrevia nas horas vagas e tinha o sonho de ser um autor publicado. Apesar da frequência, a escrita de Hermílio era desordenada. Mara era quem incentivava o marido a ter mais disciplina. Quando ela sugeriu que ele acordasse mais cedo todos os dias para escrever, a produtividade aumentou. Hermílio acordava antes da esposa e escrevia, alguns dias mais, outros menos. Começou então a registrar os sonhos, sempre frescos na memória cedo pela manhã. Quando Hermílio se pôs a planejar o primeiro romance, os sonhos serviram de suporte à narrativa.

"Você acha que ele previa o futuro através dos sonhos?", eu disse.

"Quem sabe?"

Hermílio Silva continuou no anonimato por duas décadas. Logo que terminou o livro, pagou do próprio bolso a impressão do romance; *O homem é um bicho* nunca passou por um processo de edição. Na festa de lançamento foram distribuídos trezentos exemplares. Hermílio não cobrou nada pelos livros. Deu de presente a todos os convidados e guardou o restante.

No princípio, esperou pela repercussão. Alguns amigos diziam que tinham gostado do livro, mas quando Hermílio falava sobre um ponto específico do enredo, notava que ninguém tinha lido mais que poucas páginas. O jornal da cidade publicou uma nota no dia do lançamento. Esse foi o único comentário da mídia até o começo dos anos 2000.

Marcelle pegou o celular e acessou um blog com um design antigo.

"Esse foi o primeiro. Na descrição, o autor do blog dizia ser alguém que tinha comprado um livro aleatoriamente num sebo em Belo Horizonte e se escandalizou com o conteúdo. O cara digitalizou o livro, algumas pessoas se interessaram, leram, se juntaram à obsessão. O blog tinha seções de discussão, resumos dos capítulos, checagens de acontecimentos reais."

Eu, que tinha feito meu blog crescer a muito custo, estranhei que tantas pessoas pudessem ter se interessado pelo romance do Hermílio Silva. Ao mesmo tempo, depois de ler o livro, se entende que é difícil não se interessar.

"Em outros sebos do país, encontraram mais uma ou duas cópias de *O homem é um bicho*", Marcelle disse. "Os leitores queriam conhecer o Hermílio Silva, só que ninguém se dispunha a vir ao Pantanal pra isso. Até que um leitor daqui chegou a esses blogs."

Marcelle me mostrou o perfil de Cassiano Teixeira. Olhando a foto, percebi que era o mesmo homem que tinha corrido atrás de Ygor Ângelo Gomes Júnior na véspera.

"Ao longo dos anos, Cassiano se tornou o braço direito do Hermílio. Foi ele quem mostrou ao Hermílio que o livro estava repercutindo. Também convenceu o autor a dar depoimentos no blog e organizou a vinda de alguns fãs para cá."

Segundo dona Mara, continuou Marcelle, Hermílio permaneceu sem escrever por um bom tempo, depois do fracasso inicial de *O homem é um bicho*. Seguiu a vida e jogou fora os projetos literários. Mas também se espantou quando percebeu que sua obra antecipava grandes acontecimentos da história do Brasil. Ele leu e releu o livro tentando entender o que tinha ocorrido. Apenas se lembrava de ter sonhado com os eventos. Escreveu tudo sem filtros.

"Hermílio pensou que estava louco", Marcelle disse. "Ou que era algum tipo de médium. E eu acho que era."

Outros blogs se formaram em volta de *O homem é um bicho*. Na internet, o livro alcançou um status de guia espiritual ao mesmo tempo que os leitores caçoavam da falta de qualidade literária. Nos grupos de discussão, havia imagens de Machado de Assis vestido de cartomante, trechos tirados de contexto e protótipos de memes comparando Pablo Pálido a Darth Vader, bem como eu havia pensado.

"Era como se fosse a obra-prima dos livros ruins, sabe? Tinha os fãs que achavam que o livro era chacota, os que achavam que era sagrado, e os que achavam que era os dois."

Cassiano Teixeira participava deste último grupo de leitores. Era funcionário da prefeitura e tinha o costume de ler nas horas vagas. Por acidente, retirou o único exemplar do livro na biblioteca da cidade, e logo ficou obcecado. Quando descobriu o blog de discussão sobre a obra, foi atrás de Hermílio Silva.

No começo Hermílio não queria conversa. Não gostou de saber que o burburinho em torno do livro foi causado pelas casualidades esquisitas e não pelo mérito literário. Foi Cassiano quem convenceu Hermílio Silva de que esse era o grande atrativo do livro: a clarividência em meio a uma total falta de coerência narrativa.

"Cassiano via Hermílio como um guru às avessas, um messias sem querer. Para ele, *O homem é um bicho*, para além do misticismo, tinha um enorme potencial de atrair leitores. Cassiano lia muito. Ele sabia que o livro não era bem escrito, mas isso não significava que o livro não fosse bom."

Cassiano foi quem conseguiu o contato para que *O homem é um bicho* fosse reimpresso por uma editora da capital do estado. A partir daí, os leitores puderam adquirir seus próprios exemplares, não mais dependendo de arquivos digitalizados. Esse foi um ponto de virada importante. Hermílio, que até então não estava seguro sobre a empreitada, viu o romance se tornar um relativo sucesso de vendas.

"Isso foi antes de eu começar a trabalhar na biblioteca. Quando entrei, todo mundo na cidade já sabia da fama do livro. Hermílio doou exemplares das duas edições para a biblioteca, e as pessoas começaram a ler. Vieram pessoas de outros lugares do Brasil para conhecer Hermílio, esperando encontrar um gênio. E, bom, encontraram um senhor muito simpático. Comecei a chamar Hermílio para eventos com frequência. Ele foi melhorando a retórica, mudando o discurso em volta do livro. Primeiro ele dizia não fazer ideia de como tinha previsto tantos acontecimentos históricos, que tinha sido tudo aleatório. Aos poucos, passou a fazer um certo mistério em torno disso. Mais ou menos nessa época ele conheceu o José Boatawa. Aí, sim, as coisas começaram a ficar estranhas."

José Boatawa era pajé de uma aldeia indígena dos arredores da cidade. Os Boatawa nunca permitiram a entrada de curiosos na aldeia, resistindo a visitas de antropólogos por muito tempo, traumatizados pela violência sofrida ao longo dos séculos. José Boatawa, no entanto, vinha para a cidade de vez em quando, e eventualmente fazia contato com os habitantes. Ele suspeitou de que Hermílio Silva pudesse ter poderes xamânicos depois de descobrir sobre sua história numa conversa com Cassiano Teixeira, na prefeitura. O pajé, que tivera educação formal, leu *O homem é um bicho* e convidou Hermílio Silva para uma visita à aldeia. A princípio, Hermílio não deu bola para o convite, mas Mara, que estava junto, garantiu que ele precisava aceitar. Mara viu no interesse do pajé uma oportunidade para que Hermílio entendesse de onde vinha o poder premonitório. O pouco que se sabia sobre os Boatawa era que eles tinham uma tradição ancestral de buscar a verdade nos sonhos. O casal fez uma visita à aldeia. Não contaram nem aos amigos o que viram; voltaram de lá visivelmente animados e fizeram outras visitas nos meses seguintes. Hermílio Silva havia conseguido a amizade de um povo que tinha evitado o contato com pessoas brancas até então.

"Foi um sinal de influência", disse Marcelle. "Tem muita gente aqui que estuda os povos indígenas, a geologia da terra, os animais daqui. Acontece que a natureza guarda conhecimentos que ainda não foram descobertos por cientistas. Estamos numa região onde a vida começou há bilhões de anos. Tem uma energia difícil de explicar. Controlar essa energia é algo que poucos conseguem. Não que eu acredite nessas coisas, mas vai saber."

Refleti sobre o que ela dizia.

"Você diria que é comum ver animais selvagens na cidade?"

Marcelle olhou para cima, para nenhum ponto em particular.

"Tem uns animais diferentes por aqui. Às vezes eles aparecem. Você já viu um baratão-d'água?"

"Um o quê?"

Marcelle sacou de novo o celular e buscou a foto de um baratão-d'água; era nada mais que uma barata gigante que podia comer peixes, sapos e tartarugas. As imagens me deram arrepios.

"É comum encontrar o baratão nas ruas da cidade. É um bicho primitivo, parece que vem de um filme sobre a pré-história, mas a gente vê o tempo todo. Aqui tem muita coisa assim. Exótica, eu diria. A mediunidade do Hermílio foi vista com estranheza por algumas pessoas, mas por outras não. Casou bem com a nossa vivência, sabe? Começaram a especular que Hermílio realmente tinha poderes xamânicos, e por isso via o futuro através dos sonhos, viajava para lugares distantes através desse estado onírico, esse tipo de coisa. José Boatawa ficou encantado com Hermílio. Passou inclusive a convidar alguns seguidores do Hermílio para visitar a aldeia e participar de rituais. Cassiano, principalmente."

A cidade começou a receber mais pessoas interessadas na obra de Hermílio, e os eventos ficaram mais numerosos. Os leitores queriam saber se o autor continuava escrevendo e se os sonhos continuavam sendo sua principal inspiração.

"Hermílio parou de escrever por muito tempo. Se sentia travado, pelo menos até o momento da fama. Os acontecimentos em *O homem é um bicho* vão mais ou menos até o tempo presente. Se especulava sobre uma continuação do livro, mas por enquanto só ganhamos uma nova edição, que saiu esta semana, com um prefácio de José Boatawa. Agora que as previsões chegaram ao presente, eles querem saber o que vem depois. Ou mesmo saber se a magia do Hermílio continua. Agora ele tem uma certa responsabilidade. Muita gente é louca pelo trabalho dele. E, claro, tem os que acham que é tudo uma farsa."

"Ygor, por exemplo."

"É. Tem o Ygor."

Segundo Marcelle, Ygor era um escritor tão ruim quanto Hermílio, mas sem nenhum reconhecimento. Ele já tinha lido textos em rodas de leitura na biblioteca, e o público não gostou. Marcelle disse também que, em muitas outras ocasiões, Ygor havia atrapalhado eventos do profeta.

"Estive com Ygor poucas vezes", ela disse. "Não conheço ele bem. Mas posso passar para você o contato de alguém que o conhece. Acho que já contei tudo o que eu sabia."

"Não sei como agradecer, Marcelle."

"Paga a nossa conta. O jornal cobre, não?"

Menti que sim.

O restaurante do hotel já ia fechar. Pedi que debitassem o consumo na conta do meu quarto.

Antes de dormir, ouvi a gravação da conversa com Marcelle e fiz algumas anotações. A história era muito mais bizarra do que tinha parecido a princípio. Muitas das informações que Marcelle resumiu eram verificáveis pela internet. Havia de fato um culto de seguidores em volta de Hermílio Silva. Incontáveis páginas na internet se dedicavam a Hermílio, muitas delas especulando sobre a bizarrice do caso. Como eu nunca tinha ouvido falar daquilo? Por que os jornais não tinham coberto a história? Hermílio era só mais um charlatão que arregimentou fanáticos, e a internet estava cheia de histórias assim. Ao mesmo tempo, havia algo de impossível, sobrenatural, inexplicável e único nos acontecimentos.

À noite, tive um pesadelo. Sonhei que estava prestes a me casar. Eu andava pelo corredor com meu pai, e quando o noivo descobria meu véu, eu podia ver que ele era um baratão-d'água. Acordei no meio da madrugada e peguei uma garrafa de água no frigobar. Voltei a dormir, mas o sono foi intermitente até a vinda do sol. Eu acordava pensando na morte que tinha acontecido algumas horas atrás.

Antes de ir embora, Marcelle tinha me dado o contato de Ana Moreno, uma antiga professora de Ygor. Segundo Marcelle, os dois eram próximos e iam juntos a eventos na biblioteca. Depois de tomar café, liguei para Ana e disse que queria conversar sobre Ygor. Ela perguntou por quê. Eu disse que era jornalista e queria entender melhor o caso, se não houvesse problema, e sugeri que nos encontrássemos na beira do rio. Ana disse que poderíamos conversar, mas pediu para vir até meu hotel. Ela disse que a cidade era pequena e que não queria seu nome envolvido na história. Combinamos de nos encontrar à tarde.

Passei o resto da manhã indo atrás de informações sobre Ygor Ângelo Gomes Júnior na internet. Não havia pouca coisa.

O primeiro resultado era um site com o nome dele, que estava fora do ar. Utilizei uma ferramenta de recuperação de páginas antigas e tive acesso ao conteúdo. Na aba SOBRE havia uma foto do mesmo cara que eu tinha visto denunciando a fraude de Hermílio Silva na praça. Uma minibiografia listava os romances de Ygor: *Longe do mundo*, *A mulher que ousou desafiar a ignorância humana* e *A casa nossa*.

Longe do mundo, segundo constava no site, era "a saga de Ramsés, um cidadão que cansa da vida urbana e vai viver no campo, dizendo não às baboseiras da vida cotidiana". *A mulher que ousou desafiar a ignorância humana* contava a história de "Jacobina, uma professora de física que entra numa cruzada para provar que Einstein estava errado". *A casa nossa* era uma "novela de rara profundidade em que a psique de uma família é mostrada às últimas consequências".

Abri a aba seguinte, REALISMO RADICAL, um texto sobre o movimento literário fundado por Ygor. Nas palavras dele, "o realismo radical é uma nova tradição narrativa em que o realismo é levado às últimas consequências, de modo que a psicologia humana se revela através de traços exagerados para que o leitor analise os personagens pelo que eles realmente são". Dessa maneira, a sociedade poderia aprender com a ficção em busca de um mundo cada vez menos defeituoso. Ao menos era assim que Ygor definia sua corrente.

Pesquisando a escola literária, encontrei links que mencionavam Ygor Ângelo Gomes Júnior, entre eles um blog intitulado Realismo Radical, com definições longas e exemplos de adeptos ao longo da história. Na parte de literatura, alguns clássicos, como *Os Maias*, *O morro dos ventos uivantes* e, por fim, os livros de Ygor. A aba de entrevistas do site levava ao link de um portal, Entrevista com o Escritor. O único entrevistado era Ygor.

ECOE É um prazer entrevistar um escritor do seu quilate... Muitos o consideram a maior promessa literária deste século. Como é para você lidar com a fama?

YAGJ Para mim não tem problema. Eu não sou o tipo de pessoa que deixa a fama subir à cabeça. Muito pelo contrário. Eu já recusei entrevistas de grandes jornais porque eu sei que usariam meu nome para chamar mais leitores. Eu prefiro dar entrevistas aos blogs menores que poderiam se beneficiar. Eu sou um servo da arte, e não das revistas de fofoca. O meu compromisso é com a literatura, e a ela eu dedicarei minha vida se for necessário.

ECOE Com apenas dezoito anos, você já tinha escrito a obra-prima *Pelo planeta e pelos olhos do pai*, de seiscentas e treze páginas divididas em cento e oitenta e nove capítulos e falando de dez personagens e seus sofrimentos no interior do Mato Grosso do Sul. A obra é conhecida como a grande obra perdida de Ygor Ângelo Gomes Júnior, já que até hoje não foi publicada. Esse livro ainda vai ver o nascer do dia?

YAGJ Quanto a *Pelo planeta e pelos olhos do pai*, eu não sei. Apesar de eu ter escrito o livro há muito tempo, eu o considero uma das minhas melhores obras. Eu não deixei que ele visse o nascer do dia por achar que o mundo não estava preparado para as suas revelações. O que existe de literatura sul-mato-grossense é ruim. *Pelo planeta* seria um livro revolucionário, mas eu não sei se eu estou pronto para o que ele poderia causar.

ECOE O seu movimento vem influenciando um grande número de escritores. Desde a escrita de *Longe do mundo*, o realismo radical é considerado a grande novidade do mercado editorial brasileiro, por responder a inúmeras questões da psique humana. Como você vê esse fenômeno?

YAGJ Já era esperado. O realismo radical vem para responder a algumas das principais questões da psique humana, como você mesmo disse. A arte, assim, volta a ter um papel central na construção do futuro da sociedade. Agora nós temos um modelo a seguir, mesmo que por eliminação. Eu não gosto de dizer que o realismo radical é a coisa mais importante na cultura brasileira neste século, mas não sou eu quem diz, são os especialistas... Com o realismo radical, nós podemos treinar o nosso entendimento das reações humanas nas suas interações com o mundo e com os outros.

Li o resto da entrevista e não pude deixar de sentir, ao mesmo tempo, pena e admiração. A impressão, pelas escolhas peculiares das palavras, era de que entrevistador e entrevistado eram a mesma pessoa. Além disso, o entrevistador parecia saber tudo sobre a extensa obra de Ygor. Diferente do site, as perguntas davam a entender que Ygor já havia escrito mais de vinte livros.

No meio da entrevista encontrei um link para um portal de fãs da obra de Ygor Ângelo Gomes Júnior. Na verdade, os fóruns e publicações eram provavelmente todos redigidos por Ygor, apenas sob diferentes identidades. Da mesma forma, havia um verbete com seu nome na página de itens deletados da Wikipédia. Um usuário identificado como "professor byron" defendia que o verbete fosse mantido, utilizando o mesmo tom dos textos do blog de Ygor. Por último, encontrei páginas em redes sociais, sites de citações com frases de suas obras, artigos de pequenos blogs, tudo com a mesma maneira de construir frases. Encontrei também um vídeo vinculado a uma conta com o nome Assessoria de Imprensa YAGJ. O vídeo, em baixa resolução, era um perfil jornalístico de Ygor. Ele aparecia caminhando por um campo aberto e falando sobre sua obra. Afirmava ter vinte anos e onze livros escritos. No canto inferior direito do vídeo, o logo de uma grande emissora de televisão tinha sido inserido digitalmente. Era uma montagem bastante malfeita.

Ana Moreno era uma mulher alta e de cabelo volumoso. Quando abri a porta, ela sorria de leve. Ana entrou e conversamos ainda em pé.

Falei um pouco sobre mim e contei o que tinha me trazido ao Pantanal. Deixei claro que pretendia fazer uma matéria jornalística, e perguntei se ela se importaria se eu gravasse nossa conversa. Ana ficou receosa. Assim como Marcelle, disse que não queria que eu usasse seu nome. "Tenho medo, mas quero contar essa história. Senão ninguém vai saber. A polícia não vai investigar."

"Você acha que a polícia deveria investigar?"
"Não teria por quê, né? Eles não vão fazer nada."
Eu não sabia o que ela queria dizer.
"Soube que você era próxima do Ygor", eu disse.
"Eu era. Mas faz tempo que deixei de ser."
"Por quê?"
"Você sabe alguma coisa sobre ele?"
"Só o que achei na internet."
"Então deve ter uma boa noção."
"Acho que sim."

"E sobre o Hermílio? Você sabe?"

"Sim", eu disse. "Sobre o Hermílio eu sei."

Ana pediu licença para sentar na minha cama.

"Eu sou professora de literatura", ela disse. "Dei aula para o Ygor no ensino médio. É aquela coisa: nessa idade, ninguém quer saber de literatura. É normal que obriguem os alunos a ler os clássicos primeiro, em vez de começar por livros mais atrativos e próximos da realidade deles. Isso mata o interesse logo de cara. Mas Ygor se interessava. Tanto pelos clássicos quanto pelas aulas. Eu escrevo livros infantis, e sempre gostei de organizar atividades dedicadas à escrita. Ygor ficou muito animado quando propus um exercício de criação em aula. Ele leu o que tinha escrito e ficou louco para ver o que os colegas iriam achar. No fim da aula, veio me agradecer. Perguntou se eu poderia ler os textos dele, e eu concordei."

Assim Ana passou a dar dicas de escrita para Ygor. "Não vou mentir", ela disse. "Ele não escrevia bem. Era uma escrita genérica, cheia de clichês. Mas Ygor tinha paixão. Já escrevia antes, desde pequeno. Eu incentivava que ele escrevesse mais. E assim nós ficamos amigos. Era fascinado por mim, talvez porque eu tinha paciência com ele. Como posso dizer? Ygor era um menino estranho. Não precisa botar no jornal que eu disse isso. Mas era. Quanto mais eu sabia sobre ele, mais achava que tinha alguma coisa errada."

"Errada como?"

"Bom, a começar pela família. Você deve saber sobre o pai dele."

É óbvio, pensei. Ygor Ângelo Gomes Júnior. Eu não tinha pensado em pesquisar o nome sem o adjetivo.

"O que tem o pai dele?"

"É uma figura conhecida na cidade. Ele usa o nome Yag, por causa das iniciais. Yag vive uma vida bem diferente.

Dizem que, quando era pequeno, a família dele foi viver com os indígenas por um tempo. Ele aprendeu desde cedo os ensinamentos dos povos nativos. Aí, quando cresceu, se dedicou a passar o conhecimento adiante. Yag criou uma agência que leva as pessoas para o meio do mato, para aprender a sobreviver na selva, plantar, construir abrigo. Além disso, mantém vínculos com várias aldeias e vende a arte indígena aqui na cidade."

Tentei conectar os pontos enquanto Ana falava.

"Yag casou com uma indígena, e com ela teve um único filho. Ygor era um menino que não tinha nada a ver com os pais. Querendo ou não, ele nasceu na cidade. A mãe ficava aqui, cuidando dele e gerindo a agência. Ygor odiava ter que ir para o meio da natureza. Isso frustrava o pai. Mas é normal que pais e filhos se interessem por coisas diferentes, não?"

"Acho que sim."

"Ygor adorava livros e TV. Ficar em casa. E aí desenvolveu esse gosto por escrever. Ele ia pra escola, tinha uma educação normal, diferente do pai. Acho que foi gostando cada vez mais da ideia de virar escritor. Só que Hermílio Silva já era famoso, tanto aqui quanto em outros lugares. Ygor não gostava que a cidade tivesse outro escritor conhecido. Ainda mais porque ele achava ruim o que Hermílio escrevia."

Deixei escapar um sorriso.

"E você não acha?", eu disse.

Ela continuou séria.

"Não tem como negar o valor de *O homem é um bicho*, por mais grotesco que o livro seja tecnicamente. Tem um motivo pra fama do Hermílio, entende? Ygor tentou criar os próprios seguidores. Fingiu que tinha um movimento. Ninguém precisa entender sobre escolas literárias para saber que o realismo radical é uma piada."

"Você falou isso pra ele?"

"De um jeito cuidadoso, sim. Mas era difícil fazer Ygor entender. Nós tínhamos uma relação pouco comum. Eu era amiga e professora ao mesmo tempo. Ninguém mais dava atenção pra professora de literatura. Por isso eu gostava dele. Quer dizer, não sei. Como eu disse, ele era um menino estranho."

"Você leu os livros do Ygor?"

"Alguns. Na maioria das vezes eu passava os olhos, dava algumas dicas, mas era um negócio difícil de consertar, coitado. Ele me mandava as resenhas que supostamente escreviam na internet sobre os livros dele. Mas eu sabia que eu era a única leitora. Mesmo assim, eu incentivava. Começamos a ir a oficinas e eventos literários na biblioteca municipal. Um dia, fomos juntos a uma roda de conversa sobre Hermílio Silva. Ygor saiu de lá com raiva, dizendo que era *ele* quem merecia o reconhecimento. E a coisa começou a aumentar. Ele voltou a ir aos encontros sem mim, e dizia em voz alta que Hermílio era um farsante. Nesses encontros vinha gente de São Paulo, do Rio, e isso causava desconforto nas pessoas. Depois de um tempo, Ygor virou figura carimbada nos eventos sobre o Hermílio. Até que um dia foi impedido de ir aos encontros."

Ana fez uma cara pensativa antes de continuar.

"Um dia Ygor me contou aos risos que viu Hermílio na rua e gritou com ele. As pessoas em volta não gostaram. Quando me contou, eu disse que ele tinha que parar com aquilo imediatamente, que o potencial dele não tinha nada a ver com Hermílio. Mas ele continuou a fazer coisas absurdas. Ninguém dava muita atenção, só que o negócio chegou a um limite perigoso. Organizaram uma palestra no jardim da casa do Hermílio, e Ygor passou gritando que ia matar o velho. Isso eu fiquei sabendo porque todo mundo ficou sabendo. Liguei para Ygor e ele estava virado em ódio. Pedi pra ele parar, e ele disse que não queria mais falar comigo. Isso já faz um tempo. Desde então não nos falamos mais. Eu admito que estava um pouco cansada dele. Nesse ponto, diziam na cidade que ele era doido. Mas duvidei que fosse uma ameaça real. Ygor era um bom menino. Só era, como eu disse, esquisito. O problema era que, você sabe, Hermílio Silva não é só Hermílio Silva. Tem várias pessoas em volta dele. A cidade ficou diferente. Parece que Hermílio ganhou cada vez mais fanáticos, mesmo sem querer. Eu já vi Hermílio falar, e ele me parece um senhor legal, meio alheio ao fuzuê em volta dele. Assim como Ygor, ele não sabe que escreve mal. Deixa tudo acontecer, principalmente porque gosta do reconhecimento, mas acho que não se dá conta da obsessão que as pessoas têm por ele. Isso também desembocou em José Boatawa, e aí a história volta ao Ygor. Não gosto nem de falar disso, parece coisa de gente louca."

"Por que a história volta ao Ygor?"

Ela olhou pela janela e voltou a olhar para mim.

"O que vou falar agora é só especulação. Imagino que você consiga ir atrás dessas fontes sozinha."

"Posso tentar."

"O que você sabe sobre José Boatawa?"

"Que é um xamã importante. E amigo do Hermílio Silva."

"Isso mesmo. Foi bem inusitado quando os Boatawa se aproximaram do Hermílio. Eles sempre foram um povo isolado. Ygor me contou que o pai dele se dava bem com todos os pajés da região, menos com José Boatawa. Tentou se aproximar de várias maneiras, e nada. Yag tem um jeito engraçado, sabe. É loiro de olhos claros e diz que vive como os indígenas. Só que ele vive *mesmo* como os indígenas. Conhece os povos, e os nativos gostam dele. Tudo bem, tem gente que critica a agência que vende a experiência indígena, como se a experiência indígena fosse uma mercadoria exótica, e não o jeito como as pessoas vivem. O fato é que Yag tentou contato com os Boatawa e sempre foi recebido com indiferença ou até hostilidade. Só que Yag queria, de qualquer forma, participar da vida xamânica dos Boatawa."

"Ah, é? E por quê?"

"Essa é a parte nebulosa. Não quero acusar ninguém de nada; não sei direito como essas coisas funcionam, mas aprendi a não duvidar. Acho que os Boatawa são boa gente, mas é curioso que tenham passado a se relacionar com Hermílio Silva e aqueles seguidores sinistros só porque ele tem esse tal poder de ver o futuro. É como dizem: o problema é o fã-clube."

"Então os responsáveis são os seguidores?"

"Olha. Fazia muito tempo que o Ygor não atrapalhava os eventos do Hermílio. Depois do dia em que ele gritou ameaças de morte na frente de uma multidão, ficou isolado por meses, talvez um ano. Yag repreendeu o filho pelo escândalo, e os dois brigaram feio. Ygor trancou a faculdade e foi morar sozinho por um tempo, numa casinha que pertencia à família. Ele saía pouco. Imagino que ficava escrevendo. Fiquei sem saber dele até anteontem, quando ele atrapalhou um evento bem grande que organizaram sobre a nova edição do livro do Hermílio, com prefácio de José Boatawa e tudo."

"Eu estava lá."

"Eu não. Mas soube do que aconteceu. Até pensei em falar com o Ygor. Aí veio o dia seguinte, e a notícia da tragédia. Todo mundo tratando a morte como um acidente."

"Você acha que não foi acidente?"

"Menina, eu não sei."

Ela suspirou e pediu água. Peguei uma garrafa no frigobar e servi o conteúdo num copo.

Ana continuou:

"Ygor me contou sobre os Boatawa. Há muitas gerações eles mexem com sonhos. É a maneira como se conectam com outros planos do mundo natural. Ygor não acreditava de verdade que o Hermílio fosse uma farsa. Ele tinha rancor porque o livro do Hermílio era reverenciado, e tentava acabar com esse prestígio. Todo mundo sabe que *O homem é um bicho* é um péssimo romance, e ninguém liga. Os Boatawa não ligam. Não sei como são os rituais na aldeia, mas sei que eles viram no Hermílio um grande potencial energético. Por algum motivo, a mulher do Hermílio sugeriu que ele escutasse os sonhos. No romance do Hermílio, a mulher do personagem principal é uma antropóloga que estuda povos nativos da região. Jones e Miya, os personagens de *O homem é um bicho*, tinham essa energia bruta que de alguma forma foi canalizada em Hermílio e Mara. Por isso José Boatawa criou um vínculo com Hermílio. Nos rituais, os Boatawa partem em jornadas, buscam iluminação, conseguem modificar algumas coisas no mundo terreno. E tudo através de projeções. Eles tomam formas. Era isso que intrigava tanto Yag, esse poder xamânico que ultrapassava tudo o que se sabia sobre outros povos da região. Yag foi rejeitado pelos Boatawa assim como Ygor foi rejeitado por todo mundo. Pai e filho não tinham nada em comum, mal se falavam, mas tinham uma ligação forte. Mesmo sem almejar o mesmo que o pai, Ygor tinha um rancor por causa disso. Acho que ele não poderia supor que haveria alguma consequência maior."

As mãos de Ana estavam tremendo, e ela deixou o copo em cima da mesa.

"Não sei que potencial eles liberaram quando passaram a receber Hermílio e seus amigos nos rituais. Não sei se houve uma troca de favores, se José Boatawa fez as vontades do Hermílio para continuar obtendo a força que ele carregava. As tradições dos Boatawa começaram a ser descaracterizadas, essa é a verdade. Não sei nem se Hermílio se envolveu, ou se foi tudo arquitetado pelo Cassiano. Só sei que tenho medo."

À noite, fui ao mesmo restaurante onde tinha comido no dia da minha chegada. Sentei na área aberta e pedi um prato de salada e um refrigerante. Fiquei ouvindo música nos fones. O calor me deixou com as costas empapadas de suor.

Um homem veio até minha mesa e puxou a cadeira em frente a mim.

Tirei os fones e olhei para ele.

"Com licença", ele disse. "Posso falar com você um minuto?"

Eu ia dizer que não, mas notei que sabia quem ele era. Reconheci pela careca e pelos óculos.

"Cassiano Teixeira, certo?", eu disse. "Da turma do Hermílio."

Ele se sentou e olhou em volta antes de começar a falar.

"Escuta. Vou ser bem claro, para não deixar dúvidas: vai embora. Não fica mais aqui."

Ele falava com bastante calma.

"Isso é uma ameaça?"

"É um conselho."

"Por que eu deveria fazer isso?"

"Porque você gosta da cidade grande, não do interior. Imagina se acontece um acidente."

"Então é mesmo uma ameaça."

"Eu sei que você esteve com a Marcelle."

"Certo."

"Também sei que a professora fez uma visita ao seu quarto."

"Como você sabe?"

Ele sorriu.

"O recepcionista tem me mantido a par."

Senti um arrepio.

"Ele vai ser demitido por isso", eu disse.

"Não, gracinha. Não vai. Ele vai continuar trabalhando no hotel, a cidade vai continuar funcionando desse jeito, e você vai voltar pra sua cidade. E nunca vai publicar nada do que tiver descoberto."

Fiquei em silêncio.

"Espero que tenha entendido", ele disse. "Não vou avisar de novo. Você vai embora amanhã."

Cassiano se levantou e foi embora.

Paguei a conta, fui correndo para o hotel e passei reto pela recepção. Abri meu computador e comprei uma passagem para a manhã seguinte.

Não dormi à noite.

Saí sem fazer check-out; apenas arrumei tudo e chamei um táxi pelo celular.

Só descansei quando estava dentro do avião. O que me acalmou foi *Music for Airports*, do Brian Eno, que nunca tinha sido tão certeiro.

Mesmo depois de pousar, só me senti totalmente segura quando fechei a porta de casa. Passei o dia revendo filmes e rolando feeds de redes sociais.

A lembrança do olhar do Cassiano Teixeira por trás dos óculos ainda me dava um pouco de medo, mas agora eu estava em casa. Eu tinha uma história que precisava ser apurada e publicada.

Escrevi o parágrafo inicial para a reportagem:

O município de ******* acordou com uma notícia pouco usual na última segunda-feira. Ygor Ângelo Gomes Júnior, estudante e escritor de 27 anos que morava sozinho, foi morto dentro de sua casa por uma onça-pintada. O animal teria entrado na cidade e pulado a janela de Ygor, cujo corpo foi encontrado pela polícia. Uma vizinha ouviu os gritos e ligou para a emergência. Ela afirma ter visto, da sua casa, a onça descer a rua em direção à mata.

No dia seguinte, acordei cedo, tomei café e fui para a redação do jornal. Meu chefe ficou surpreso ao me ver. Pedi para conversar na sala dele.

Contei tudo o que descobri. Falei de Hermílio e Ygor a partir dos relatos de Marcelle e Ana, assim como dos detalhes que eu lembrava sobre José Boatawa e Yag, além da ameaça de Cassiano Teixeira.

Eu gostaria de ter recolhido mais depoimentos, tanto de Hermílio quanto de Yag e talvez ainda de José Boatawa, mas não quis arriscar permanecer na cidade depois de ter sido ameaçada.

Meu chefe ouviu tudo muito sério.

Ele se serviu de café e perguntou se eu queria uma xícara.

"O que você acha da história?", eu disse.

"Ah. Acho uma loucura. Uma ótima história. Com certeza é insólita e interessante."

"Só isso?"

"Sei que você fez um trabalho legal, saiu da sua zona de conforto, e aplaudo sua determinação, ainda mais nesses tempos em que o jornalismo investigativo está tão em baixa. Você, que não é dessa turma, deve ter percebido como é difícil relatar uma história quando ela parece tão pouco crível. Com certeza fiquei interessado, mas como editor, preciso dizer que não dá para publicar essa matéria. A não ser que você omitisse muitos detalhes. Você sabe, né? Entendo o valor do caso, principalmente pelo culto de seguidores, mas aí entra esoterismo, previsões do futuro, projeções astrais. Pseudociência, superstição, sei lá. Além disso, os indígenas são retratados de uma maneira não muito bacana. Você insinua que o pajé teria ajudado num assassinato? E por meio de uma onça? Não dá pra publicar no jornal. Sinto muito por você ter sido ameaçada por esse louco."

Depois da fala do meu chefe, eu não sabia nem ao menos se queria redigir o resto do texto. Ele tinha razão. Era uma história e tanto, mas não se encaixaria num jornal de grande circulação. Eu não sabia o que fazer com a matéria.

Naquela noite, recebi uma mensagem do meu chefe.

Podemos publicar o texto sobre o festival de música, a mensagem dizia. *Te dou isso de presente.*

Eu tenho um sonho recorrente

Começa assim: vejo uma casa e algo me conduz através do portão. As paredes são de madeira e as portas são de vidro. Me desvio da entrada e dou a volta na casa, onde há um jardim e uma estrutura coberta. Quando entro, vejo que dentro há uma piscina que se estende a uma distância mais longa do que parecia pelo lado de fora. Há centenas de garotos dentro da piscina. Em pé ao meu lado está Michel.

Michel era meu arqui-inimigo na escola. Desde que entrei na primeira série, com seis anos, identifiquei em Michel meu oposto, minha nêmesis, a maior ameaça num ambiente que lembrava a selva. Ele usava o cabelo espetado com gel e fazia natação desde pequeno. Era o menino mais rico da turma. Era bom no futebol, e eu não. Eu não tinha amigos quando entrei no colégio.

A partir da segunda série, tinha um dia da semana em que íamos ao bar do colégio na hora da merenda. Podíamos comer prensado e tomar refrigerante; todo mundo adorava esse dia. Numa dessas vezes, abri minha mochila para pegar o dinheiro do bar e descobri que minha mãe tinha posto só um real, e não dois. Não ia dar para comprar o lanche. Fiquei triste e chorei.

A professora viu meu estado e disse que meninos da minha idade não choravam, o que agradou aos outros colegas, principalmente Michel, que depois sacudiu uma nota de dez reais perto do meu rosto enquanto descíamos ao bar.

Na volta, juntamos as mesas para fazer exercícios de matemática. Sem meu lanche, eu estava concentrado na aula.

Na hora de pegar uma borracha emprestada, esbarrei na lata de guaraná de uma colega. O livro dela ficou ensopado.

A professora ficou furiosa. Ela disse que eu já havia passado dos limites e que a partir da semana seguinte não iríamos mais ao bar do colégio, para o desespero dos meus colegas. E a culpa era minha.

No caminho para o recreio, alguns meninos passaram furiosos por mim, dizendo: *Olha o que você fez*. Era um dia em que chovia muito. Eu via correntezas passando pelo pátio do colégio. Foi bem ali que Michel me empurrou.

Caí de bunda sem ter tempo de reagir.

Fui até a sala do coordenador disciplinar. Como eu não quis explicar o que tinha acontecido, ele me deu uma bronca: "Quem mandou brincar na água em dia de chuva". Disse que ia me emprestar uma calça dos achados e perdidos. Quando voltou, me deu uma calça dois números acima do meu tamanho.

Entrei na sala de aula com a calça arrastando pelo piso. Nenhum colega segurou o riso. Nem os que às vezes falavam comigo. Nem a professora.

Pelo menos estava consumada a catarse pelo fim das idas ao bar, eu poderia ter pensado.

Mas não. Uma semana depois, quando de novo não pudemos sair para lanchar, vi Michel mostrando para os meninos uma arminha de brinquedo. Não era bem uma arminha. Era um isqueiro-maçarico, em formato de pistola. De longe vi os meninos encantados com a chama azulada que saía do cano da pistola. Eu não sabia por que Michel tinha trazido aquilo para a aula.

Na saída para o recreio, fui em direção a um banco de madeira que ficava perto da quadra poliesportiva, onde eu costumava ler. Quando me aproximei do banco, tive o impulso de olhar para trás. Michel e a turma dele vinham na minha direção.

"Vem cá, bichinha."
Eu estava encurralado no canto do pátio. Só podia continuar pela parede externa do prédio, numa tentativa de me esconder dos meninos por mais alguns instantes. Eles vinham devagar, sabendo que eu não teria saída. Mas encontrei, na parede de concreto, um vão que eu nunca tinha visto. Mesmo de perto era difícil de ver. Parecia, de alguma forma, que eu conhecia aquele esconderijo; como se algo tivesse me puxado para lá. Fiquei agachado em meio ao concreto, esperando que me encontrassem. Ouvi as vozes deles por um tempo e depois não ouvi mais nada. Esperei tocar o sinal, depois mais uns minutos, e voltei à sala de aula. Não olhei na direção do Michel e dos meninos. Andei perto de adultos na saída da aula.
Era fim de ano, e logo entramos de férias.
Na volta do verão, na terceira série, decidi que não podia mais ser da turma dos excluídos. Me aproximei dos meninos populares da turma, aqueles que me perturbavam. Era minha maneira de sobreviver ao colégio. Passei a jogar futebol, a sentar no fundo da sala, e a fingir amizades para aumentar meu prestígio social. Isso incluía Michel.
Lembro de dormir na casa dele em alguns fins de semana. Eram frequentes as reuniões na casa de Michel para ver filmes de terror e ficar acordado até tarde jogando video game. Não éramos só eu e ele; estar sozinho na presença dele seria desconfortável para mim. Só nos víamos junto com outros colegas.
Aprendi os principais conceitos de sexo por causa dele. Boquete, punheta, eu não sabia o que era nada disso. Quando soube, tive uma sensação estranha, como descobrir um segredo sobre um amigo próximo.
Enquanto me encaminhava para o ensino médio, fiz amizade com pessoas mais parecidas comigo. Deixei de dar importância à popularidade. Achava que poderia ter amigos mais

legais que os meninos da minha turma. No último ano do colégio, contei para meus amigos próximos que era gay, e quando entrei na universidade, não tinha motivos para esconder isso de ninguém.

Naturalmente, eu sabia desde muito antes. Desde que começaram a falar de sexo, na entrada da adolescência. Eu achava que poderia vir a gostar de meninas enquanto crescesse, o que nunca se confirmou. Desde sempre, inclusive, já era evidente para mim a atração que eu sentia por alguns meninos durante a infância. Inclusive Michel.

No sonho, ele me recebe com um sorriso. Está pelado. O corpo está cheio do vapor que sobe da piscina aquecida. Não vejo ele da cintura para baixo — nos sonhos nada é muito claro — e evito olhar. É engraçado como nos sonhos você apenas *sabe* quando alguém diz algo, mesmo que não tenha dito. Não sei se ele diz alguma coisa, mas minha impressão é que diz. "Seja bem-vindo. Hoje você vai ter que atravessar essa piscina."

"Com que frequência o sonho volta?"
"Uma vez por mês, eu acho. Talvez a cada mês e meio."
"E o que ele faz você sentir?"
"Não sei. Confusão."
"Por que confusão?"
"Eu não sei dizer se é um pesadelo ou não. Esses garotos, esse tipo de cara, é gente de quem eu sempre fugi. Nunca fiquei confortável perto deles. No sonho, preciso atravessar uma piscina com vários. E eles estão pelados. Eu também."
"O que isso provoca em você?"
"Medo, eu acho. É. Medo."
"Só medo?"
"Um pouco de tesão também. Ok, bastante tesão."
"É medo e tesão ao mesmo tempo?"

"É. Eu acordo excitado antes de chegar à borda da piscina. Nunca vejo onde ela acaba. Acordo tenso. Com vergonha."

"Vergonha de quê?"

"Não sei. Tenho uma sensação que me leva de volta à infância, a um desconforto que nunca passou. Mas parece que tem algo a mais. Eu não me sentia bem naquele ambiente. Depois da escola, passei a ter outra vida. Não me senti mais daquele jeito. Então não entendo por que esse sonho apareceu."

Meu psicólogo me contou que, através dos sonhos, podemos treinar nosso entendimento das reações das outras pessoas nas suas interações com o mundo, e assim aprender como isso funciona na vida real. Isso me deixou bastante intrigado. Sonhos são universos inteiros de possibilidades dentro de nós. São boa parte das nossas horas diárias, e ainda assim não fazemos questão de dedicar tempo a esse fenômeno que é talvez o jeito mais eficiente de acessar o que desconhecemos, de buscar respostas para perguntas que carregamos durante a vida inteira.

A imagem recorrente da piscina me trazia de volta a uma questão: o que os sonhos querem dizer?

Comecei uma pesquisa. Li calhamaços inteiros, *A interpretação dos sonhos*, incontáveis depoimentos de sonhadores lúcidos; vi filmes; passei eu mesmo a anotar sonhos e a tentar alcançar a lucidez.

Nos sonhos, absurdos acontecem. Estou caminhando pela rua e de repente John Lennon aparece e se transforma numa baleia orca, e nada disso me impressiona, nada quebra o encanto, não existe um senso maior de ordem e coerência, como nas narrativas. Nos sonhos, a impressão importa mais que a descrição dos fatos. Descrever um sonho é como fazer um retrato falado. Na melhor das hipóteses, o resultado será apenas uma distorção.

Eu voltava à terapia e meu psicólogo insistia na pergunta: "O que o sonho faz você sentir?". Não sei muito sobre psicologia a não ser o pouco de psicanálise que li. Ele era um psicólogo junguiano, o que significa que levava os sonhos em consideração, apenas não de maneira tão determinista quanto Freud. Era uma boa pergunta: em vez de buscar uma interpretação, meu psicólogo queria saber que tipo de sentimento o sonho me despertava, porque ele sabia que a imagem do sonho deveria ser posta em contexto. Mas eu queria uma interpretação. Todas as noites eu era exposto a imagens que diziam respeito a mim, expurgos do meu inconsciente que poderiam querer dizer alguma coisa, e a maioria deles ficava perdida, como as mensagens de rádio que os humanos enviam com a expectativa de que alguma forma de vida fora da Terra consiga decodificar. Incontáveis horas de gravação e som, imagens e ideias. Todas as noites eu deixava de decifrar algo íntimo e importante. A não ser por aquele sonho, que voltava a cada mês e meio.

Não havia uma interpretação isolada do contexto, mas meu psicólogo me conhecia o suficiente para me dar uma resposta mais direta — pelo menos eu achava isso. E ele só insistia na mesma frase. "O que o sonho faz você sentir?" Eu já pagava caro pela sessão e tinha que fazer o trabalho sozinho. A terapia tem disso. Você escolhe se incomodar. Sai exausto da sessão, menos tranquilo do que antes. E também existe a relação com o psicólogo, que já é um incômodo em si, algo que também tem que ser discutido e trazido para dentro da terapia. Você se reúne semanalmente com um profissional pago para fazer uma análise, e às vezes ele apenas repete uma pergunta porque talvez você não tenha respondido do jeito que ele queria, mas é claro que ele não pode dar uma pista de onde quer que você chegue, talvez por puro prazer de ver você nessa agonia, e então ele repete a pergunta que você já respondeu.

"O que o sonho faz você sentir?"

"Meu psicólogo fez a mesma pergunta. Ele sempre pergunta isso."
"Talvez você deva seguir por aí."
"Mas o que a pergunta quer dizer? Minha melhor resposta é que sinto medo e tesão."
"Já é um bom começo. Medo e tesão. Quantas pessoas já fizeram análise por causa de medo e tesão?"
"Não sei."
"Muitas. A questão deve ser importante pra você."
"Os valentões do colégio?"
"Eles foram a primeira rejeição. Você queria pertencer àquele grupo, ser um deles, mesmo com toda a hostilidade, mas sabia que nunca poderia fazer parte. Isso é síndrome de Estocolmo. O proletário que tem atração pelo estilo de vida do opressor. É fato."
"É?"
"Com certeza. Tem alguma coisa que continua perturbando você. Mesmo depois de todo esse tempo. Agora que você não precisa se preocupar com os valentões do colégio, eles vêm te atormentar nos sonhos. Acho que o seu psicólogo tá fazendo a pergunta certa. O que o sonho faz você sentir?"

Eu vinha tendo essas conversas com a Ada. Ela foi minha colega na escola desde a metade do ensino fundamental, e sabia quem era o Michel.

Ada tinha uma maneira direta de falar, ao contrário do meu psicólogo. Ela me disse uma coisa que tinha passado batida pela minha pesquisa: ninguém liga para os sonhos dos outros — a não ser que o ouvinte apareça no sonho. Aí uma chave vira. De repente, a atenção é total. O que os outros querem saber é a projeção que fazemos deles.

"Sabe que às vezes os sonhos servem pra nos preparar, né?"
"Preparar?"

"Pra alguma situação adversa."
"Tipo uma previsão?"
"Mais ou menos. Não de uma maneira mística. É o jeito do cérebro de deixar você preparado pro que *pode* acontecer."
"Então agora estou imune a uma piscina cheia de meninos suados?"
"Sim e não. É difícil dizer. O fato é que esse sonho não é aleatório."

Os meses passavam e eu continuava sonhando com a piscina. Era difícil acordar e anotar tudo. Minha tentativa de manter um diário durou poucas semanas. As anotações cresceram em tamanho, mas depois a rotina me desmotivou. Fui esquecendo os sonhos aos poucos. *Aquele*, no entanto, eu sempre lembrava.
Apelei para um dicionário de sonhos. O significado para "piscina" era:
"Você precisa dar um mergulho para dentro do seu inconsciente. Lide com as emoções agora, porque depois pode ser tarde. Alternativamente, uma piscina pode indicar desejo de se manter limpo. Se estiver cheia de gente, aponta para a vinda de bonança, prosperidade ou até mesmo abundância na vida sexual. Entretanto, interpretações podem ser bastante amplas. Cabe ao sonhador buscar aquela que mais se encaixe em sua realidade."

Passei a fazer checagens de realidade várias vezes ao dia e vencia o sono cedo de manhã para fazer anotações. Um dia tentei um método que descobri na internet para induzir o sonho lúcido por meio da paralisia do sono. Funciona assim: você precisa acordar seis horas depois de dormir, bem quando começa a última fase do sono REM. Então você levanta, vai ao banheiro, lê um pouco e deita. É bom meditar, tentar relaxar ao máximo e ficar parado por mais ou menos quarenta minutos sem dormir. Parece fácil, mas não é. Nenhum músculo pode se mexer. Engolir saliva, se coçar, ajeitar o corpo: nada. A ideia é mandar uma mensagem ao cérebro de que o corpo está dormindo mas manter a mente alerta. Depois dos quarenta minutos, você começa a enxergar luzes, mesmo com os olhos fechados. Padrões. Esferas de luz coloridas que passam. Agora você está quase lá, em breve vai ter uma paralisia do sono: o corpo vai dormir, em desalinho com a mente, que vai permanecer desperta. Perfeito para entrar direto num sonho lúcido. Ali estava eu me concentrando ao máximo na cena da piscina. Percebi que não tinha parado para pensar o que eu gostaria de mudar quando estivesse no sonho. Talvez pudesse conversar com Michel. Quando notei, estava de volta ao sonho, e de fato ele parecia mais vívido que das outras vezes. Michel estava bem como eu lembrava, a água da piscina molhava minha pele, a sensação ruim era maior que antes. Mas o roteiro era o mesmo. Não pude mudar nada. Simplesmente caminhei hipnotizado por Michel e depois por entre os garotos nus e acordei excitado.

"Talvez você esteja focando demais em resolver tudo através do sonho. Você precisa agir."
"E como?"
"Você deveria ir atrás do Michel."
"Michel? Não vejo ele há, o quê, dez anos?"
"Eu também. E daí?"
"E daí que não sei que fim levou, onde mora, se é uma pessoa boa ou ruim."
"Ele continua nos seus sonhos."
"E por isso devo ir atrás dele?"
"Você é um adulto. Ele também. Vocês podem só conversar. Não tem garantia de que isso vai esclarecer alguma coisa. Mas por que não?"

Michel não usava redes sociais, para dificultar minha vida. Mais tarde, naquele mesmo dia da conversa com a Ada, fui até a casa da minha mãe catar meus pertences de criança numa caixa com meu nome. Havia cadernos e desenhos e até algumas histórias que escrevi com letra cursiva. Achei a minha agenda da primeira série. Tinha um papel colado com os números de telefone da casa de todos os meus colegas. Inclusive do Michel.

Que ideia estúpida, pensei. Provavelmente os pais dele nem moravam mais no mesmo lugar. E ninguém mais usava telefone fixo. Peguei meu celular e digitei o número.

"Alô." Era uma voz de mulher.

"Boa tarde. Desculpa incomodar. É a mãe do Michel?"

"Quem fala? Tá tudo bem com ele?"

"Sim, tudo bem. Quer dizer, na verdade não sei. Não vejo o Michel há anos. Eu era da turma dele na escola e tô organizando um encontro. Só pra quem foi colega desde a primeira série."

"Ah, que notícia boa! Posso passar o número. Ele está morando no interior há algum tempo, cuidando da fazenda, mas tenho certeza de que vai ao encontro."

Não tive coragem de ligar nem de mandar mensagem. Não saberia sequer por onde começar. Deixei que a Ada enviasse as mensagens. Depois conferi o que ela havia mandado em meu nome:

> EU *oi, michel. tudo bem? sei que é estranho te mandar mensagem, faz muito tempo que não nos vemos. queria trocar uma ideia com você, e sua mãe me deu o número. abraço.*
> MICHEL *nossa, quanto tempo mesmo. tudo bem? soube que você virou escritor.*
> EU *pois é, louca essa vida. é sobre isso que eu queria falar, na verdade. tô trabalhando num projeto meio doido. envolve mapear memórias de infância. tô falando com vários ex-colegas*

para tentar desvendar como a escola determina o comportamento das pessoas. é meio psicanalítico. enfim. gostaria de conversar com você, se não for muito incômodo. sua mãe disse que você tá morando no interior. *podemos tomar um café quando você vier para a capital? eu pago.*
MICHEL *que legal. vou virar personagem de livro? haha. eu tenho ido pouco praí. são quase sete horas de viagem. quando for, posso dar um toque.*
EU *sua fazenda fica na fronteira oeste, não? vou estar aí por perto no próximo fim de semana. vou visitar uns tios.*
MICHEL *passa aqui então! só chegar, meu velho.*

Eu estava dirigindo por uma parte do estado que não conhecia para um encontro com o responsável por uma marca psicológica deixada na minha infância e que se anunciava a cada mês e meio. Era um pouco assustador. Eu não tinha como saber o que ia encontrar. Talvez o Michel fosse um louco homofóbico que estivesse tramando uma armadilha para mim. Ou talvez fosse uma pessoa decente.

Eu mesmo não conseguiria marcar o encontro. Deixar o celular nas mãos da Ada foi uma maneira de me comprometer com a decisão. Agora não tinha mais volta.

Pus no mapa o endereço que Michel tinha mandado e dirigi. Passei por quatro pedágios. Escutei uns dez discos. Atravessei o estado até a frequência de cidades diminuir. Com cinco horas de viagem, eu só via campos ao meu redor. Depois de seis horas e meia, o mapa indicou a estrada de chão onde eu deveria entrar. A partir dali, não havia sinal de celular até chegar à fazenda. As instruções de Michel estavam no meu bloco de notas; havia seis bifurcações na estrada de chão. Era um ambiente que eu não estava acostumado a ver. Havia colheitadeiras, tratores, celeiros e outras coisas que eu não saberia nomear.

O portão estava aberto quando cheguei. Havia uma casa enorme no topo de uma colina. A casa não era a mesma do meu sonho, e isso me provocou alívio. Por perto não havia nenhuma construção que poderia abrigar uma piscina. Não havia piscina. Fora a casa, vi dois galpões, quatro casinhas e algo que parecia um escritório. E campo, bastante campo.

Michel estava sentado num banco em frente à casa. Levantou o braço de longe para me cumprimentar. Ele estava musculoso e alto. Não era lindo, mas era atraente, o que me deixou um pouco desconfortável. Usava jeans e uma camiseta branca.

"Qual é, meu", ele disse. "E não é que o homem veio mesmo. Bem-vindo ao campo." Abriu um sorriso.

"Tudo bem, Michel? Obrigado por me receber. Não queria atrapalhar o seu trabalho. Podemos falar bem rápido."

"Imagina, não tem pressa. Hoje o dia foi tranquilo. Às quatro da tarde já dei por encerrado."

Ele me chamou para a cozinha e pôs café para passar. Tentei começar com algum assunto:

"Você trabalha na colheita?"

"Às vezes. É bom eu mesmo pegar o trator e sentir a terra embaixo de mim, sabe. Mas normalmente não. Os empregados fazem o serviço. Cuido mais da parte administrativa e do escoamento da produção. Aqui a gente planta soja, aveia, um pouco de trigo. Tem criação de bois também."

"A soja está em alta, pelo que ouvi."

Eu não tinha ouvido nada. Era um chute.

"Está mesmo."

Tomamos o café sentados em frente ao balcão da cozinha.

"Quando você me falou do seu projeto, mano, fiquei animado. Não sei como é essa sua investigação, mas me senti importante."

"Pois é, Michel. Queria falar sobre isso. Queria falar sobre você, na verdade."

"Ah, é?"

"Olha só. Não falei bem a verdade nas mensagens. Não fiz contato com outros ex-colegas, nem estou mapeando a infância de ninguém."
"Ah, é?"
Ele evitou olhar para mim.
"Então por que veio aqui?"
"É estranho explicar. Espero que você não entenda da maneira errada. Bom, aí vai: eu tenho tido sonhos em que você aparece."
"Sonhos?"
"É."
"Tipo uma parada sexual?"
"Não. Ah, não sei. É mais complicado que isso. Não queria vir até aqui incomodar você. É só que o sonho aparece muito. É bem bizarro. Eu meio que não aguento mais. Conversei com meu psicólogo, com a Ada; foi ela que me convenceu a vir aqui, aliás."
"Legal, cara. Gostei do conselho dela. Não esquenta. Posso ajudar você, sim. Como é seu sonho?"
"Começa assim: eu entro numa casa, na sua casa, mas não é a mesma casa que eu frequentava quando a gente estava no colégio. No pátio tem uma piscina coberta. E vapor. Você me recebe na entrada. Dentro da piscina, estão todos os meninos do colégio, e eu tenho que atravessar até o outro lado. Acabo acordando antes de conseguir."
O absurdo da situação de contar o sonho para ele me parecia mais absurdo que nunca.
"Que doideira", ele disse.
"É. Olha, não sei bem por que eu vim. Pensei que pudesse resolver alguma coisa vindo, mas acho que foi uma ideia meio idiota."
"Não, cara. Imagina. Eu sou bem de boas. Eu já sabia que você curtia caras. Não tem problema por mim."

"Ah. Sim. Que bom."

Ele preparava torradas e me ofereceu uma.

"Até ia perguntar se é difícil."

"O quê?"

"Não sei. Contar pros outros. O pessoal é muito filho da puta."

"É. Foi difícil no começo. Hoje em dia não tenho muitos problemas."

"Tem que ser muito homem, viu."

Era uma sensação estranha estar frente a frente com Michel. Por anos ele existiu na minha memória, sem que eu convivesse com ele de fato. O Michel do meu sonho, aquele personagem com quem eu convivia mensalmente, era uma representação que eu mesmo tinha criado. A culpa não era mais dele, era? Michel teve anos de mudança que eu não acompanhei. Ele habitava meus sonhos e se comportava da maneira como eu lembrava, mas isso não quer dizer que Michel continuasse do mesmo jeito.

"Te admiro por isso, cara."

"Michel, escuta. Esse sonho te desperta alguma coisa?"

"Como assim?"

"Alguma lembrança vem à mente?"

"Nenhuma em particular."

"Você lembra como era antes da gente virar amigos?"

"Que que tem?"

"Lembra que você me empurrou na chuva?"

"Sim, cara. Lembro. Que merda, eu era um pirralho escroto. Desculpa aí."

"Tudo bem. Quero montar uma sucessão de pensamentos relativos ao sonho. Eu sei que a gente é adulto e que crianças podem ser cruéis."

"Com certeza."

"Lembra quando você e seus amigos me perseguiram com aquela arminha?"

"Porra. Sim, lembro também."

"O que aconteceu naquele dia?"
"Eu tinha ganhado a arminha do meu pai. O velho gostava de me dar essas coisas. Acho que perseguir você com a arminha pareceu divertido pra nós. Mas eu não ia te queimar. Era só pra dar medo."
"Lembra que eu fugi?"
"Lembro que a gente correu pelo corredor ali no pátio. Chegando no fim, não encontramos nada. Foi um bom esconderijo."
"Fiquei com medo o dia inteiro."
"Poxa, bróder. Que merda. Não sou mais assim."
"Tudo bem. Não estou cobrando você. Só estou numa jornada estranha aqui. Já faz um tempo que tenho esse sonho e ele parece cada vez mais real. Queria parar de sonhar e não sei como."
"Boto fé, cara. Eu tenho uns pesadelos também. Ficar sozinho aqui nessa casa dá medo."

Era verdade: Michel havia se transformado num cara ok. Atravessar o estado para falar com ele não tinha sido tão conclusivo para a minha busca, mas ao menos descobri que o Michel da minha memória não era mais o mesmo.

Ele disse que, se eu quisesse tomar banho, o chuveiro era bom.

"Valeu, mas acho que vou voltar para casa daqui a pouco."
"Pra capital? Tá louco, meu, sair a essa hora não dá. Dorme aqui, ué."
"Meus tios moram aqui perto, lembra?", menti.
"Ah, certo."

Fomos em direção ao meu carro. Ele me repassou as instruções do caminho.

"Cara, qualquer coisa, me avisa. Quando quiser aparecer, só chegar."
"Muito obrigado, Michel."
"E desculpa, tá? Eu atormentava vocês mesmo."

"Tudo bem. Como?"
"Eu era cruel sem necessidade, mano."
"Você disse 'eu atormentava *vocês*'?"
"Isso."
"*Vocês* quem?"
"Vocês dois. Você e sua amiga."
"A Ada não estava na turma naquela época."
"Não, não ela. Aquela menina que era sua amiga."
"Quem?"
"Vocês viveram um tempo grudados, antes dela sair da escola. Como era o nome mesmo? Maya?"

Maya. Como eu me esqueci da Maya? Agora eu dirigia rápido para sair logo da estrada de chão e usar a internet e fazer algumas buscas e tentar adiantar a sessão com meu psicólogo.

"Isso é possível? Esquecer alguém desse jeito? Apagar uma parte da memória?"
"Não só possível. É bastante comum. É o que os psicanalistas chamam de mecanismo de defesa. Um pensamento incômodo pode ser escondido no inconsciente. É uma maneira de superar ou aliviar a ansiedade e seguir adiante."
"Então eu mesmo fiz isso?"
"Inconscientemente, claro. Somos bastante complexos. Não dá pra se culpar por uma coisa que aconteceu há tanto tempo."
"É assustador."
"Só se você quiser que seja. Você não quis lidar com o pensamento. Isso é bem normal."
"Mas agora o pensamento voltou."
"Sempre podemos atribuir novos significados às memórias."
"Ir atrás da Maya, você quer dizer?"
"É. Aí é com você."

O número de telefone da casa dela não constava na minha agenda, porque as anotações eram anteriores à entrada dela na turma. Mandei um e-mail para o colégio perguntando pelo sobrenome de uma Maya que fez parte da minha turma no fim da segunda série e no começo da terceira. A resposta dizia que o setor administrativo não compartilhava dados pessoais dos alunos. Mandei mensagens para vários ex-colegas, ainda que ninguém, apenas eu, fosse amigo da Maya naquela época. A maioria não lembrava de nenhuma Maya, e alguns disseram que talvez lembrassem, mas não tinham certeza, imaginavam que podia haver uma colega com esse nome e com as características que eu citei; de todo modo, ninguém sabia nada sobre ela agora (o único que se lembrava dela era Michel). Gastei horas procurando em todas as redes sociais e no Google. Descobri que Maya era um nome mais comum do que eu pensava. Não havia maneira de varrer todos os perfis com esse nome e encontrar o dela só pelas fotos. Eu não sabia como era o rosto de Maya hoje.

Lembro do dia em que vi Maya pela primeira vez — a imagem surgiu claramente quando Michel falou o nome dela —, um dia em que eu passei mais um recreio sozinho. Quando voltamos para a sala de aula, a professora apresentou nossa nova colega. Ela era diferente de todos os meus colegas. Ela é índia — alguém disse, e a professora não soube como reagir. Maya ficou quieta e sentou no lugar vago ao meu lado. Olhou para mim discretamente e ficou o resto da manhã prestando atenção na aula. Ao meio-dia, foi a primeira a sair da sala. No dia seguinte, sentou de novo ao meu lado, e na hora do recreio notei que ela queria continuar na sala, sozinha. A professora disse que a sala ficaria trancada, então perguntei se Maya gostaria de vir comigo, e ela aceitou. Vinte minutos depois, éramos inseparáveis.

"Você era só uma criança."

"Você não entende, porque ainda não era nossa colega. Ninguém falava com a Maya. Só eu. Eu era um menino que já dava para ver que era gay com oito anos. Ninguém falava comigo. Só a Maya. Então de um dia para outro parei de falar com ela. Resolvi que não podia ser o motivo de chacota da turma, e nunca mais falei com ela. Passei a ser amigo do Michel."

"E tudo bem. Você tinha um motivo. Lembro de achar que você destoava dos meninos da turma, mas pelo menos eles passaram a te respeitar. Você fez uma escolha."

Enquanto meus pais me buscavam na escola, Maya ia de ônibus para casa. Eu nem sabia usar o transporte público sozinho naquela idade, mas um dia fui almoçar na casa da Maya, e fomos de ônibus. Ela vinha de outro estado, mas já conhecia a cidade melhor que eu, ia me mostrando o nome das ruas. Quando chegamos, a mãe da Maya nos esperava com o almoço pronto. Assim como a filha, não falava muito, pelo menos não no começo. As duas tinham muitas semelhanças, tanto no jeito como na aparência. Depois do almoço, a mãe dela saiu para trabalhar. E seu pai — perguntei — onde ele está? Ele mora em um país bem longe — Maya disse — e não vejo ele há anos; minha mãe diz que, se fosse pela vontade dela, a gente ficava no interior, mas o meu pai insistiu pra gente morar aqui.

Ela me contou várias histórias sobre o lugar onde morava antes. Disse que as crianças eram mais engraçadas e espertas, e que na cidade grande mal dava para ver as estrelas no céu. Meu pai conheceu minha mãe porque estava procurando um lugar pra ver as estrelas — Maya disse —, um lugar onde pudesse dormir e sonhar melhor, mas acho que cansou de sonhar e voltou pro país dele. Lembro de ter ficado fascinado com aquela história. Minha vida até então tinha sido perfeitamente normal.

Meus pais não eram de países diferentes, eu nunca tinha trocado de cidade. Maya já tinha vivido muita coisa aos oito anos. Brincamos de esconde-esconde a tarde toda. Antes de minha mãe me buscar, Maya disse que gostava de ser minha amiga. Respondi que também gostava de ser amigo dela. Ou pelo menos é o que eu lembro.

Aquelas memórias começaram a aparecer aos poucos, como se eu lembrasse um pouco mais a cada vez que pensava no assunto. Nos intervalos, do lado de fora da biblioteca, e nas tardes de chuva na casa da Maya, quando ela subia numa cadeira para pegar o chocolate que ficava em cima do armário, ela me contava sobre como seu pai gostava de contar histórias para ela, histórias de princesas e monstros contadas num português ruim; tanto a mãe como o pai falavam um português imperfeito, mas era a língua que aproximava os dois, quando moravam junto com Maya numa casa no interior da região dos pântanos, uma casa pequena com uma piscina comprida no jardim, porque o pai nadava a ponto de competir em vários lugares do mundo, até que chegou ao Brasil, e numa viagem para o Pantanal conheceu a mãe de Maya numa pequena aldeia que recebia turistas, uma aldeia onde ele passou alguns meses vivendo de favor porque não conseguia parar de olhar para o céu durante o dia e sonhar durante a noite; a mãe de Maya ficou fascinada por aquele turista que não queria ir embora, e foi na cidade ali perto que tiveram uma filha e moraram até que o pai de Maya quis voltar para seu país de origem, mas a mãe de Maya não deixaria sua terra por nada nesse mundo; o acordo foi que Maya teria uma educação formal, ainda que a mãe pensasse que Maya não precisava de nada daquilo; a mãe de Maya não sabia contar histórias de princesas e monstros, ela conhecia outras histórias bem diferentes; o pai ainda fez as duas morarem na cidade grande, quando ele mesmo já tinha voltado para a Polônia. Eu me esforçava para lembrar as conversas que tive com Maya; as lembranças vinham aos poucos.

"Fomos amigos por pouco tempo. Então eu passei a ignorar ela. Não sei como a Maya passava os recreios. Com certeza sozinha. De um dia para outro. E então ela saiu do colégio."

"Não tem como apagar o passado. Você reprimiu a memória dessa menina, mas ela continuou lá. Quando você se tornou obsessivo por sonhos, a memória reapareceu. Eu disse que não era aleatório. Chegou a hora de resolver o problema."

"Eu sei. Mas não consigo encontrar a Maya. Não sei onde ela foi parar."

"Isso não é necessariamente um problema."

Fiz o que a Ada sugeriu. Voltei a ser obsessivo por sonhos. Aproveitei o verão para me dedicar a anotar todos os dias no diário. Vi uma quantidade ridícula de tutoriais e videodepoimentos. Me inscrevi num curso de ioga. Sempre pensando em Maya. Maya. Maya.

Alcancei a lucidez através do método tradicional. A primeira coisa que fiz foi esfregar as mãos, na tentativa de estabilizar os sentidos dentro do sonho. Mentalizei Maya. Logo acordei.

Continuei ao longo do outono até ter sonhos lúcidos quase todas as noites. Foquei na prática como se estivesse na musculação, ainda que de uma maneira mais divertida. Quando me senti preparado, reservei um dia para pensar em Maya. Repetia para mim mesmo: você vai ter um sonho lúcido e vai conversar com Maya.

E então fui dormir.

Me vi perto da estrutura coberta que tinha visto tantas vezes em sonhos. Michel abriu a porta e eu entrei. A piscina estava cheia de meninos, e a água quente exalava vapor.

"Michel."

"Olha quem voltou."

Ele se parecia bem mais com o Michel que eu tinha visto da última vez. Sorriu e perguntou se eu gostaria de tomar um banho de piscina. Ah, foda-se — eu disse —, por que não? Quando botei o pé na água, percebi que a temperatura estava boa, nem quente nem fria. E o vapor tinha sumido.

Me encostei num canto e olhei em volta. Os meninos do colégio agora tinham a minha idade e usavam roupas de banho. Alguns conversavam, outros jogavam com uma bola de vôlei, e muitos relaxavam, escorados na borda da piscina, assim como eu.

Tive vontade de rir. Meu sonho meio sexual meio tenso tinha se transformado num spa só para garotos.

"Pode ficar aqui pelo tempo que você quiser", Michel disse.

"Ando pensando em tirar essa estrutura coberta e deixar a piscina ao ar livre, se você concordar. É muito abafado aqui dentro."

"Ah, sim", eu disse. "Acho uma ótima ideia."

E então me ocorreu perguntar:

"Ei, Michel, você viu a Maya por aí?"

"Maya?" Ele botou a mão no queixo. "Quem é Maya?"

"Aquela menina do colégio, lembra? Você que me fez lembrar dela."

"Fiz, é?" Ele chamou a atenção dos meninos na piscina. "Pessoal, alguém viu uma tal de Maya?"

Todos fizeram que não.

"Não vou poder te ajudar nessa. Se encontrar ela, chama pra tomar banho de piscina com a gente."

Prometi que faria isso. Porém, depois desse dia, os sonhos na piscina nunca mais apareceram.

Continuei procurando pela Maya nos meus sonhos, sem sucesso. Eu imaginava o encontro, mas ele nunca acontecia.

Quando Michel falou o nome de Maya, na fazenda, parece que tudo se encaixou. Lembrei do dia em que os garotos me perseguiram com o isqueiro em formato de arma. Foi ela quem me avisou que eles estavam chegando. Ela me mostrou o vão na parede e se escondeu no vão oposto. Passado um tempo, decidi ser amigo daqueles que me perseguiam e parei de falar com a Maya. Tínhamos oito anos de idade. Poucos meses depois ela saiu do colégio. Talvez a mãe dela tenha percebido que a filha não estava feliz. Talvez tenha perguntado por mim, e Maya deve ter respondido que eu não falava mais com ela, que ninguém falava com ela. E então ela foi embora.

No dia em que notei que a Maya não era mais minha colega, demorei para conseguir dormir. Pensei nela sozinha no recreio, sozinha durante as aulas, bem como eu, antes de ela entrar na turma. Agora eu tinha amigos, ou melhor, eu circulava entre os colegas, e não podia mais ser amigo dela. Fui eu que escolhi assim. Naquela noite, me revirei na cama e tentei de todas as maneiras dormir, mas não consegui. Se ao menos houvesse um jeito de esquecer o que aconteceu, como acordar de um sonho e não pensar mais nele ao longo do dia, e então deitar para dormir tranquilo, deixando os pensamentos presos num lugar muito longe.

Reservei um fim de tarde durante a semana para ir até meu antigo colégio. Atravessei a cidade e deixei o carro no estacionamento, que agora era pago e tinha catraca eletrônica. Na entrada, dei meus documentos para uma moça que perguntou o que eu desejava. Eu disse que era um ex-aluno que queria passear pelo colégio por pura nostalgia. Ela fez meu cadastro e liberou a passagem. A escola agora tinha um novo prédio e um playground reformado; as muitas cores vivas de antigamente foram substituídas por tons de cinza; o lugar se parecia pouco com o cenário dos meus anos de infância. Ao mesmo tempo, eu conseguia identificar o que não havia mudado.

Atravessei a quadra poliesportiva e passei pelo corredor entre o prédio principal e as grades que davam para a rua. Fui até o fim do caminho e procurei por onde pudesse haver um vão. O muro tinha sido pintado de um cinza bem claro; era provável que a pintura fosse recente, porque a parede estava bem limpa. Passei a mão por toda a extensão da parede, buscando o vão que tinha me servido de esconderijo anos antes. Não encontrei nada. Havia a possibilidade de que o vão tivesse sido preenchido em alguma reforma. Isso me parecia plausível. Eu precisava tirar a dúvida antes de ir embora.

Entrei no prédio e busquei a sala da diretoria. Bati à porta e entrei. A diretora devia ter uns dez anos mais que eu.

"Boa tarde. Posso ajudar?"

Eu disse que era um ex-aluno e que estava fazendo uma visita.

"Posso ajudar em alguma coisa?", ela insistiu.

"Eu estava passeando pelo pátio e me veio uma dúvida. Tenho a lembrança de brincar de esconde-esconde no corredor entre a parte lateral do prédio e a grade. Havia sulcos na parede onde eu me escondia. A senhora sabe se eles foram cobertos na última obra?"

A diretora estranhou a pergunta.

"Sulcos? Olha, não sei dizer. Acho improvável. A última obra foi há alguns anos, mas não me lembro de nada disso."

"Entendi."

Ela recolhia as coisas de cima da escrivaninha. "Posso ajudar em mais alguma coisa?"

"Você teria um jeito de descobrir isso para mim?"

"Sobre os sulcos?"

"Isso. Será que não existe uma planta do colégio?"

"Até existe, mas estou de saída."

"Por favor. É importante. Tem uma memória que não estou conseguindo recompor, e meu psicólogo me garantiu que seria importante tirar essa dúvida para seguir em frente na vida", inventei.

"Nossa." Ela me olhou preocupada. "É. Tudo bem. Acredito que memórias importantes são criadas no colégio."

A diretora me levou a uma sala dois andares abaixo, onde ficava o arquivo da escola. Ela destrancou a porta de uma sala úmida.

"Agora os documentos são digitalizados. Mas acredito que as plantas antigas estejam aqui."

Ela levou dez minutos para encontrar o documento certo. Numa mesa, abriu a planta de quando a escola foi inaugurada. "Aqui." Apontou para a parte lateral do prédio.

Não havia nada. As paredes eram lisas.

"Pode ser que houvesse alguma rachadura, mas nada que esteja no projeto", a diretora disse.

"E você tem as plantas das reformas?"

"Só houve uma reforma. Aqui está. Foi há seis anos."

"Ah, bom. Eu já tinha saído do colégio."

Por via das dúvidas, pedi para ver a planta, que havia modificado o prédio por dentro. Nada.

Agradeci, e antes de ir embora, perguntei se eu podia ver alguma lista de alunos da minha turma da segunda e da terceira série.

"Não fornecemos esse tipo de informação."

"Eu preciso saber o nome completo de uma colega."

"Sinto muito."

Segui em direção ao pátio. Já não havia quase ninguém. Alguns meninos jogavam futebol na quadra, decerto esquecidos pelos pais.

Mais uma vez, passei a mão pelo prédio. Tentei observar a parede de vários ângulos. Não fazia sentido. Como eu e Maya nos escondemos se não existia vão nenhum na parede? Eles teriam nos encontrado facilmente naquele beco sem saída.

Sentei no chão, encostado na grade, e observei o prédio até escurecer, como se o sulco fosse se revelar sob a minha insistência. Mas não. A parede era lisa. Quando já era noite, me levantei e fui embora. Além de mim, só havia alguns funcionários na escola. Paguei o estacionamento no guichê e tomei meu rumo para casa. Eu precisava de uma noite de sono.

Agradecimentos

Angela Jung, Laura Carvalho e Maria Eduarda Carvalho. Leticia Wierzchowski e Daniel Galera. Juliana Leite. Rafaela Pechansky. Ada Herz, Bruno Gastal, Catharina Becker, Gabriel Nonino, Gabriela Beck e Lucía Gracey. Carlos Eduardo Pereira, Davi Koteck, Luisa Geisler, R. Tavares e Samir Machado de Machado. André Conti e Lucia Riff.

© Tobias Carvalho, 2021

Todos os direitos desta edição reservados à Todavia.

Grafia atualizada segundo o Acordo Ortográfico da Língua Portuguesa de 1990, que entrou em vigor no Brasil em 2009.

capa
Giovana Cianelli
composição
Jussara Fino
preparação
Márcia Copola
revisão
Jane Pessoa
Tomoe Moroizumi

Dados Internacionais de Catalogação na Publicação (CIP)

Carvalho, Tobias (1995-)
Visão noturna / Tobias Carvalho. — 1. ed. — São Paulo : Todavia, 2021.

ISBN 978-65-5692-215-7

1. Literatura brasileira. 2. Contos. 3. Literatura contemporânea I. Título.

CDD B869.93

Índice para catálogo sistemático:
1. Literatura brasileira : Contos B869.93

Bruna Heller — Bibliotecária — CRB 10/2348

---

todavia
Rua Luís Anhaia, 44
05433.020 São Paulo SP
T. 55 11. 3094 0500
www.todavialivros.com.br

fonte
Register*
papel
Munken print cream
80 g/m²
impressão
Geográfica